ケモミミマフィアは秘密がいっぱい

CROSS NOVELS

高峰あいす
NOVEL:Aisu Takamine

北沢きょう
ILLUST:Kyo Kitazawa

CROSS NOVELS

CONTENTS

CROSS NOVELS

CONTENTS

ケモミミマフィアは

秘密がいっぱい

Presented by
Aisu Takamine
with
Kyo Kitazawa

高峰あいす
Illust 北沢きょう

CROSS NOVELS

笹原梨音《ささはらりね》は、自分で言うのもおかしなことだが、とても平凡な大学生だ。

郊外に住む両親と、結婚して家を出た兄。そして大学進学を期に、都心で一人暮らしを始めた梨音の四人家族。

どこにでもある、ごくごく普通の家庭で育った梨音は所謂《いわゆる》『平凡』というものをとても気に入っていた。

友人達の中には芸能人やスポーツ選手など、きらびやかな世界に憧れて専門の道へと進路を決めた者もいたけれど、梨音はほとんどの同級生と同じく安定した将来を手に入れるために、大学に進学し、希望どおり平穏な学生生活を満喫している。

ただし、一つだけ悩みがあった。それは、これまで長続きした彼女がいないことだ。別に自分や相手に浮気癖があったりとか、性格的に問題があるわけではない。

むしろ祖母譲りの艶やかな黒髪と、幼いが整った面立ちは最近の流行《はや》りと相まって、女子から『草食系代表』ともてはやされもした。

けれどいざ付き合いが始まると、なんとなく連絡を取らなくなって、そのまま自然消滅というありふれた理由で別れてしまう。

大学入学を期にもう少し積極的になろうかと考えてみたが、そう簡単に変われるはずもない。

そんな梨音に思いがけない転機が訪れたのは、入学初日にサークル勧誘で絡まれていた女子学生を助けたことがきっかけだった。

明らかにナンパ目的のサークルに引っかかり、断りきれず泣きそうになっている女子グループを梨音がうまく逃がしたことが発端となる。

どうにか女子学生を引き離したまではよかったが、勧誘していた男子学生が邪魔をしたなどと因縁をつけてきたのだ。

特別正義感が強くもない梨音でも、明らかに悪質な相手だったのでつい反論してしまった。ヤバイと思った時には後の祭りで、サークルの男子学生たちに取り囲まれてしまう。

そこに先程助けた女子学生が、この先なんだかんだと連《つる》むことになる西町英人《にしまちひでと》を連れてきてくれたのである。

英人は一見、飲み会系サークルを主催するようなチャラい外見だが、性格は至って真面目でおまけに学生会の副会長という立場だった。

あとになって知るのだけれど、父が大学の理事長を務めており、高校から持ち上がりだった英人が一年であるにもかかわらず実質の会長を兼任していた。

それを知るエスカレーター組だった女子の一人が、事情を話して連れてきてくれたのだ。

お陰でその場は、悪質サークルが一つ潰れるというかたちで収束し、梨音は女子を庇《かば》ったことで英人に気に入られた。

外見どおりのチャラい面と、真面目で気遣いもできる面も持つ英人は今までにいないタイプの友人で、最初こそ戸惑ったが、いつの間にか彼のペースに巻き込まれ周囲からは親友として認識されるようになっていた。

それからというもの彼はよく気遣ってくれて、慣れない一人暮らしと大学生活に悪戦苦闘している梨音を友人として支えてくれた。

勿論、梨音も自分にできる範囲で彼の仕事をサポートしている。

気づけば順風満帆な大学生活は三年目に突入しており、このまま就職に向けての準備を始めようかという時期が近づいていた。

五月の連休も少し前に終わり、五月病と闘う後輩の相談も大分落ち着いてきている。

卒業に必要な単位は取得してあるので、あとはゼミと卒論をうまく終わらせて就活に専念すればいい。

なんだかんだで絵に描いたような平凡な日々に、梨音は十分満足している。

――欲を言えば彼女ができれば完璧だったけれど。高望みだな。

帰宅ラッシュが一段落した電車を降り、疲れきったサラリーマンが行き交う改札を出る。自宅アパートへ向かう道にはちらほら人影があるが、皆一様に俯《うつむ》き足早に家路を急いでいた。

梨音もその平凡な人々の中に交じり、肩にかけた鞄を持ち直すと歩き始める。

今日は他校と合同で行った清掃ボランティアの打ち上げに呼ばれ、お酒の苦手な梨音も『顔を出すだけでいいから』と英人に頼まれて行った帰りなのだ。

しかし、三年経ってもあの騒がしいノリだけは苦手で、サワーを一杯飲んだだけで逃げるように出てきたのである。

——英人なりに、合コンをセッティングし、気を遣ってくれるのは分かるんだけど。やっぱり苦手だ。

ちょっとお節介焼きで、社交的な英人と違い、梨音はどちらかといえば親しい友人と静かに飲むほうが好きだ。

恋愛に興味はあるけれど、飲みの席で半ば勢いで付き合うようなことはしたくない。

一方、英人は『お試しで付き合ってみて、相性がよければ正式に付き合えばいい』という考えの持ち主なので、梨音を見ていて歯がゆいらしい。

梨音に彼女がいないと知ってからは頻繁に飲み会へ行こうと声をかけてくれるようになったが、元々騒がしいことを好まないのでまったく盛り上がれないのだ。

大抵は開始三十分程度で梨音は空気になり、代金を置いて帰るのが恒例となっている。

今日の打ち上げも、いつものように先に帰ろうと英人に声をかけようとしたものの、タイミングが悪く彼は他校生と話し込んでいた。

声をかけていいものか迷ってしまい、結局梨音は会計係に代金を預けて居酒屋を出てきたのである。

——あとでメールしよう。

いつも断りを入れてから帰るので、英人はまだ梨音が抜けたことに気づいていないだろう。何気なくスマートフォンを探そうと鞄に手を入れた瞬間、左の人差し指に微痛が走る。

　ボランティアの片づけ中に、段ボール箱を解体していた梨音はカッターで指を切ってしまったのだ。

　巻いてある包帯に、薄く血が滲んでいるのが分かる。どうやら、今の刺激で傷が開いたらしい。

「帰ったら、消毒したほうがいいな……うわっ」

　アパートまでの近道を通ろうとして、大通りから裏路地に入った梨音は少し先の電柱に誰かが座り込んでいることに気づく。

　間の悪いことに取りつけられている外灯は切れているようで、そこだけ妙に薄暗い。最初は酔っ払いが蹲《うずくま》っているのかと思ったが、暗がりに目が慣れると座っているのは外国人の男性で苦しげな呼吸音も聞こえてくる。

「大丈夫ですか？」

　咄嗟《とっさ》に駆け寄り、声をかけた。

　すると男が顔を上げ、鋭い眼差しを向けてくる。暗がりでも分かる輝くような金髪に、一瞬目を奪われた。

　髪は乱れ、額には汗が浮いているが、それがやけに艶めかしく思えるほど男の顔は整っている。同じ男の梨音でも、ぽかんとして見惚れてしまうほどだ。

　だがすぐ苦しげな彼の様子に我に返って、梨音は男の側にしゃがみ込んだ。

「えっと、具合悪いんですか……あ、Can I help you?」

問いかけると、男は億劫《おっくう》そうに首を横に振る。

しかし、このまま立ち去るのも戸惑われた。

よく見れば彼の右腕からは血が滴《したた》っていて、スーツも大分汚れている。その背中にはどす黒い染みが広がり、梨音は息を呑んだ。

——これって、血……？

だとすれば、この外国人は相当な大怪我をしていることになる。ひき逃げでもされたのかと思ったけれど、それならば近所の住人が音に気づいて出てきてもいいはずだ。

「怪我っ！　救急車、誰か！」

「騒ぐな。それ以上、近づくんじゃない。お前にまで害が及ぶ」

「だって！」

流暢《りゅうちょう》な日本《にほん》語に驚いたが、今は疑問に思っている時ではない。しかし男は、頑《かたく》なに助けを拒絶する。

「救急車呼ぶから」

肩にかけていた鞄からスマートフォンを出そうとすると、強い口調で止められる。

「余計なことはしなくていい！　私から離れろ」

気圧されて戸惑う梨音は、非常事態を前にして完全に混乱していた。

「そんなことを言われたって……放っておけるわけないだろ」

明らかに重傷の人間を前にして、知らんぷりなどできはしない。しかし男は、救急車を呼ぶなと言う。

どうすればよいのかと迷っている間にも、アスファルトには男の血が広がっていく。このまま放置するのは危険だと、梨音にも分かる。

「……う……グ…ァ」

「え、何？」

余程苦しいのか、男が獣のような呻《うめ》き声を上げ始める。梨音は咄嗟に、彼の腕を掴んで自分の肩に回させた。

――意識混濁ってやつか？　とにかく、こんなところに置いておけない。

「俺のアパート、すぐ近くだから」

放置するより、家まで運んだほうがマシだと判断する。

男は何か反論したようだけど、外国の言葉でよく聞き取れない。梨音は分からないふりをして、男に肩を貸すと引きずるようにしてアパートへ向かった。

今日ほど部屋が一階でよかったと思ったことはない。もし二階だったら、階段で動けなくなっていただろう。

それでもさすがに梨音一人で、自分の身長より大きな体軀の男を担ぐには辛すぎた。どうにか部屋まで運び込み、靴を脱がせたところで梨音も玄関先に倒れ込んでしまう。

——運んできたけど、やっぱり救急車を呼ぶべきだな。

いくら本人が嫌だと言っていても、梨音には何もできないのだ。ボランティアで救命講習は受けたことはあるけれど、実際やるとなると躊躇《ちゅうちょ》してしまう。

それに自宅には、何の道具もないのだ。

相変わらず彼の腕からは血が出ているし、呼吸は荒くなっていく。

「大丈夫……か？」

「ああ……」

呻く男は動く力もないのか、横たわったままだ。仕方なく梨音は男を引きずって、ラグの敷《し》いてある寝室兼リビングに運ぶ。

玄関から数歩で簡易キッチン、そして奥に八畳ほどの部屋と収納。よくある単身者用のアパートだから、大して広くはない。

それでも大柄な男をラグの上へ寝かせるまでには、十分ほどを要した。

「とりあえず、様子見。かな？」

水を飲ませたほうがいいかと思い、梨音は立ち上がってコップを取りに行く。

カーテンは開けっ放しにしてあったので満月の明かりが室内へ差し込み、電気を点けていなくてもかなり明るい。

しかし今夜は、普段よりも周囲のものがよく見える気がする。

——なんだ？

違和感はあるけれど、その理由が分からない。

しかし今は、怪我人を介抱することが先だ。

水を汲《く》んで戻ると、男は頭を押さえて座り込んでいた。相変わらず辛そうではあるが、意識ははっきりしてきたようだった。

けれど大怪我をしていることに変わりはないので、梨音は彼の肩を支え横になるように促す。

「私に、構うな」

「喋《しゃべ》らないほうがいいよ。今はとにかく、落ち着いて」

先程の口ぶりからして、男は公共機関に頼れない事情があるのだろう。

とはいえ、流暢な日本語を話し、身なりもよいこの男が犯罪者にはとても見えない。むしろ映画などなら、悪人に追われる側の人間に見える。

「あんたが誰なのか知らないけれど、ここは俺の家で安全な場所だからさ。少し横になってたほうがいいよ」

「……いや、もう……手遅れだ……」

唸《うな》るような声で男が言うと、一瞬彼の顔が狼に変化した。

「え？」

酒に弱い自覚はあるけど、幻覚を視《み》るほど泥酔したことなどない。

――狼が喋ったっ？

しかし男の顔が狼に見えたのは一瞬で、すぐ元の顔立ちに戻る。月明かりに照らされた男は、ほの暗い室内でも金髪碧眼だと分かる。

月光の微妙な明るさのせいなのか、路上で見た時よりも一段と精悍に感じる。

「おい」

「え、あ……はい」

思わず姿勢を正すと、男が不意に梨音の腕を摑んで引き寄せる。突然のことで抵抗もできず、されるままになっていると彼の胸に抱き込まれてしまう。

驚いて声も出ない梨音の唇に、いきなり男が唇を重ねた。

――は？　キスっ？

腕から逃げ出そうとしてもがくけれど、男の力は強く、より深く唇を重ねてくる。

引き結んだ唇を男の舌が強引にこじ開け、ぬるりとした感触が口内を這い回る。

「っ、ぐ」

まさかファーストキスが名前も知らない初対面の男に奪われるはめになるとはと、悔しくて涙が滲んでくる。

こんなことになるなら、助けなければよかったと後悔するがもう遅い。

――どうして……っ。

力で敵わないならと、梨音は入り込んできた舌を噛む。

しかし男は怯《ひる》むどころか、より深く梨音の唇を貪《むさぼ》り始めた。

舌を絡み合わせる濃厚なキスに、梨音は驚きながらも必死に抵抗を試みる。

それでも男の力には敵わず、抵抗も虚しく深い口づけが続けられる。

口内を嘗《な》め回され、歯列をなぞる舌の感触を気持ち悪く感じていたが、次第に奇妙な感覚が生じ始めた。

「っ……っふ……ぁ」

角度を変え、呼吸まで奪うような激しい口づけに半ば酸欠状態に陥る。彼の舌から滲んだ血と、互いの唾液が混ざり合い喉へと落ちていく。

吐き気をもよおしてもおかしくない味が広がるのに、何故か梨音はそれを飲み込んでしまう。

――熱い……。

口づけが解かれても頭がぼうっとして動けない。力の抜けた体は自然に男の胸へと寄りかかり、まるで自分から誘うような恰好になってしまった。

「甘い香りがする」

耳元で男が囁《ささや》き、再び唇を奪われた。今度は梨音も自分から求めるみたいに唇を開いて、舌先を絡め合う。

「ん、あふ……」

――ん……あま、い？　なに、これ……っ。

砂糖の甘さとも違う、体の芯から溶けてしまうような甘さに力が抜けていく。それだけでなく、下腹部が疼《うず》き、自身に熱が集中していくのが分かる。

「……っは……」

やっと男が梨音を離し、ほっと息を吐くがすぐラグの上に押し倒される。すべての行為が男の主導で行われ、混乱している梨音は抵抗がどうしても追いつかない。

シャツが力任せに破られて、肌が露《あら》わになった。一瞬怯むと、男が梨音の胸に唇を寄せてくる。

「ひ、っ」

ざらりとした舌に乳首を嘗め上げられ、情けない悲鳴を上げてしまう。

それでも、本能的に身の危険を感じて、梨音は体を反転させて逃げようとする。しかしすぐに大きな手が肩を摑んで梨音を床に押しつけ、動きを封じられる。

同性だが、細身の梨音と体躯の整った男とでは力の差は歴然だ。もがく間にジーンズと下着を破るようにはぎ取られてしまう。

「あんた、なにして……っ」

必死に抵抗していると摑んでいた手が離れ、梨音はその隙に男の下から這い出ようと試みた。

だがその時、唸り声と共に布が裂かれる音が響く。

背後から聞こえたその音に、一瞬梨音は冷静になる。

——今の……まさか。

まるで自分の力を誇示するかのように、梨音の前に引き裂かれたジーンズが放られる。いくら力が強くても、相当な力がなければ素手で裂くなどできはしない。

もしその力が自分の体に向けられたら、骨くらい簡単に折られてしまうだろう。

恐怖で身を竦《すく》ませると、動けなくなった梨音の背後から男がのしかかってくる。

首筋に熱い息を感じるが妙な違和感があった。梨音がちらと肩越しに男を見た瞬間、声にならない悲鳴を上げる。

「っ……」

先程、酔いの幻覚かと疑った狼の顔がそこにあったのだ。

悪い夢でも見ているのではないかと思う。夢なら早く覚めてほしいが、梨音の願いも虚しく行為はエスカレートしていく。

スラックスのベルトを外す音がして、少しすると熱い塊が太股に押し当てられた。

この男が何をするつもりなのか、性行為の経験がない梨音でも分かってしまう。

「やめろっ」

しかし男は梨音の制止を無視して、腰を掴み引き寄せる。

恐怖で強ばる後孔に、硬い先端があてがわれる。このまま挿《い》れられたら、酷《ひど》いことになるのは明白だ。

「頼むから、やめ……」

「静かにしていろ。傷つけはしない」

やけに落ち着いた声音に、梨音は驚く。動きを止めると、肩甲骨から首筋へと舌が這わされた。

そして男の手が梨音の左手を摑む。

指に巻かれていた包帯は、抵抗する間にほどけて傷口から血が滲んでいた。

それを狼の舌が、嬲《なぶ》るように嘗め取る。

「なにする……っ」

びりっとした刺激が走り僅《わず》かに顔を歪《ゆが》めるが、痛みはすぐに消えて代わりに甘ったるい熱が腰の奥に溜まり始める。

「え、あ……？」

情けない声を上げてしまったのは、触れてもいないのに自身が勃起し始めたからだ。

『ああ、お前だったのか……いや、しかし……』

唸るような声が背後から聞こえてくるけれど、外国語交じりで意味が分からない。男は何かに戸惑っている様子だが、梨音を押さえつける手をゆるめようとはしなかった。

「――試してみるしかないな」

何を、と問う前に熱い切っ先が後孔を割り広げる。それまで感じていた快感は消えて、梨音は引き裂かれる痛みに涙を零《こぼ》す。

男性経験もない上に、愛撫もされていない場所へ無理矢理雄を入れられているのだから痛いに決まっている。

ラグに爪を立てて逃げようとする。けれど抵抗など男は意に介さず、梨音はあっさり引き寄せられた。

腰骨を摑む両手に力が籠もり、雄が太い杭のように体内へと打ちつけられる。

「ひっぃ」

男の太い性器が狭い肉筒を強引にかき分け、体内に侵入してくる。息もできず、ただ身を強ばらせることしかできない梨音の首筋に、男の荒い呼吸がかかる。

まるで肉食動物に食べられているかのような錯覚に、痛みと恐怖で意識が混濁し始めた。だが、変化は唐突に訪れる。

――甘い匂い？

強い花の香りに似た、甘ったるい匂いがどこからともなく漂ってきたのだ。その香りを吸い込んだ瞬間、消えかけていた快感が呼び戻された。

頭の芯がくらくらとして、痛みが次第に消えていく。それどころか、彼の雄に突き上げられる度に、射精衝動を促す刺激が全身に広がる。

「なに、これ……」

押し寄せる快感に溺れまいと抵抗するが、心とは反対に体が陥落していくのが分かる。

「っ、ひ……う」

無意識に甘い悲鳴を上げ、梨音は自分から誘うように腰を高く掲げてしまう。そして卑猥な姿勢を保ったまま更に雄が抽挿しやすいよう脚を開いた。

無防備な下肢を曝《さら》し、まるで自ら交尾をねだる獣の雌のように腰を揺らす。

——なんで、こんなことっ。

心では必死に抗っているのに、体がいうことをきかない。

そんな梨音を前にして男は服従したと思ったのか、力尽くで押さえつけていた手をゆるめ、優しく腰を抱きしめた。

より結合が深くなり、呼吸が苦しくなる。なのに体は、自慰とは比べものにならないほどの強い快感を得ていた。

「ぁ、う……く」

背後からのしかかる男の体躯と、大きな手。

そして力強い抽挿に安堵《あんど》すら覚える。

「や、やめっ……あんっ」

言葉で抵抗しても、体は男が与える刺激を欲して埋められた雄を食い締めている。いやいやと頭《かぶり》を振る梨音の首筋に、軽く歯が立てられた。

背後から組み伏せられ、首筋を噛まれて犯される。まるで獣の交尾だが、全身が淫らな悦びに包まれ梨音は息を呑む。

——な、に……これ……。こんなの、知らない……っ。

始めて知る蕩《とろ》けるような快楽に、何も考えられなくなってしまう。腰を摑んでいた男が片手を離し、梨音の勃起した中心をそっと握る。

「っあ、だめっ」

内壁を擦られただけで完全に反り返っていたそこは、軽い刺激だけで達してしまった。先端から蜜が溢《あふ》れ、びくびくと全身が痙攣《けいれん》する。

男に犯されて達したという屈辱感よりも、今の梨音には快感が勝っていた。甘い吐息が唇から零れ、梨音は鼻にかかった嬌声を上げる。

「あ、んっ」

梨音が本格的に快楽を受け入れ始めたと気づいたのか、蜜を滴らせる中心を扱《しご》きながら、男が腰を激しく打ちつけ始めた。

深い場所を抉《えぐ》られる度に絶頂の波が押し寄せて、梨音ははしたない声を上げてよがる。

そして程なく、男が自身を梨音の最奥に埋めたまま熱いモノを吐き出した。

「あ、ぁ……溶ける……」

強すぎる快感に意識を保てなくなった梨音は、雄の脈動を感じながら瞼《まぶた》を閉じた。


——……なんか、最悪な夢だったな……。

微睡みながら、梨音は寝返りを打つ。昨夜はボランティアの打ち上げに参加して、早々に帰宅したのは覚えていた。

——やっぱり、お酒は苦手だ。

これまでもビール一杯で酔うことはあったから、打ち上げなどでは最初の一口だけ飲んで、あとはウーロン茶やノンアルコールカクテルで誤魔化していたのだ。

昨日は勧められるまま、口当たりのよいカクテルを飲んだから、そのせいであんな悪夢を見たのだろう。

そんなことを考えつつ、もう少し眠ろうとして毛布を被り直したところで違和感に気づいた。

「ここ、どこだ?」

やけにスプリングの利いたベッドに、柔らかな羽毛布団。目を開けると、大きな枕が数個散らばっている。

咄嗟に起き上がりあたりを見回せば、そこは自分のアパートではなく、梨音は広いベッドにパイル地のバスローブ一枚を羽織っただけの姿で寝かされていた。

「っ————!　・・——?」

「え?」

聞き慣れない言葉のするほうに目を向けると、ベッドの傍《かたわ》らに一人の子供が佇《たたず》んでいた。真っ白いカーディガンとシャツに、チェックの半ズボンを紺色のサスペンダーで吊っている。

少しカールのかかった金髪に、清《す》んだ碧の瞳。恐らくは三歳くらいだろうと思われる外国人の子供は、その容姿も出で立ちもまるで人形のようだ。

「君、名前は」

「っ!　・・!」

口を尖《とが》らせ怒った様子で梨音に何かを訴えているが、英語ではない言葉なので何を言っているのかさっぱり分からない。

ともかく、そんな怒った顔でさえ天使のような愛らしい子供は、梨音が反論せずにいると痺《しび》れを切らしたのか扉のほうへと駆けていく。

「ドア、開けられる?」

咄嗟に声をかけると、子供が振り返り、べえと舌を出す。

「とどくもん」

舌足らずな日本語で文句を言うと、子供は背伸びをしてノブを回して部屋から出ていってしまう。

一人残された梨音は、改めて室内を観察する。

「ホテル……どうして、こんなところで寝てるんだ?」

白いバスローブの胸元には、外資系ホテルの名前が刺繍されている。梨音でも名前は知っている、高級ホテルだ。

ともかく、自分の置かれた状況がさっぱり分からずベッドから出ようとして、梨音は眉をひそめた。下半身が鉛のように重く、少し動くと腰が痛む。身を起こすだけで精一杯で、とても歩けそうにない。

そこでやっと、昨夜の出来事が悪夢ではなく現実だと思い知る。

自分が男に犯されたという事実に愕然としていると、再び扉が開いて昨夜の男が入ってきた。

身構える梨音だが、身を守るものなど何もないのでただ相手を睨みつけることしかできない。

しかし男は警戒する梨音に構わず、ベッドへと近づいてくる。

「眠れたか?」

「……は？」

謝りもせず問いかけてくる男に、なんと返事をしていいのか分からず戸惑う。昨日の記憶が確かならば、男はかなりの怪我を負っているはずだ。

しかしスーツ姿で佇む彼は、特に体を庇うような仕草は見せず平然としている。

——昨夜の狼男……って、ええっ？

さすがにあれは酔いのせいで見た幻覚だと思った梨音だが、彼の頭には人間の耳とは別に狼の耳が生えていることに気がついて、思わず凝視してしまう。

「あの、なんで耳——」

「この狼の耳が見えているのか？」

梨音の言葉を遮《さえぎ》り、男が低い声で問う。いや、断定していると言ったほうがいいだろう。鋭い眼差しを向けられ、昨夜の恐怖が蘇《よみがえ》る。

と同時に、男のふるまいに対して怒りがこみ上げてきた。幼い外見のせいか、大人しく見られがちな梨音だが、黙って流されるタイプではない。

「一体、なんなんだよ！　名前くらい言え！」

見ず知らずの相手に犯された挙げ句、誘拐までされ恐怖心はあった。けれどそれ以上に、この理不尽な状況が受け入れられない。

感情を抑えきれず相手を怒鳴りつけるが、男は落ち着いて答える。

「私はロベルト・バルツォ。昨夜の件は感謝している。しかしお前が見聞きしたものは、他言無用だ。いいな」

とても謝る態度ではないロベルトに、梨音は昨夜見た狼の顔や金髪の間から飛び出ている狼耳のことなど、どうでもよくなる。

「ふざけるな！　人を誘拐しておいて、わけの分からないこと言って。あんた何様だ！」

「これだけ元気なら、気遣う必要もないか」

怒鳴る梨音に対して、何故かロベルトは満足げに口の端を上げる。相手の考えていることがさっぱり分からず、梨音は次第に涙目になってくる。

「なんでこんな目に遭わなきゃならないんだ……」

助けた相手に犯され、誘拐までされた上に相手は明らかに、悪いと微塵も思っていない。意思疎通の図れないもどかしさと、男としてのプライドを踏みにじられた悔しさに堪えていた涙が零れた。

「恐ろしい姿を見せて悪かったな。自制心を失っていた」

「それが謝る態度だって、本気で思ってるのかよ。それに論点が全然違う！」

「……私が恐ろしくなかったのか？　狼の……」

「あんた何にも分かってないな。もういい！」

根本的に、何が悪いのか理解していないのは明白だ。これ以上言い争っても不愉快になるだけと判断して、梨音は毛布を被り饅頭のように丸くなる。

「出ていけよ！」

怒りと混乱で、ぼろぼろと涙が溢れて止まらなくなり梨音は唇を噛む。

ロベルトが何か声をかけてきたが、とても答える気になどなれない。梨音はロベルトが部屋を出ていくまで毛布に包まったまま、一言も発しなかった。


しばらくして、部屋に再び誰かが入ってきた。

「突然のことで、驚かれたと思います。申し訳ありません」

——日本人？

ロベルトとは違う声に、梨音は毛布の隙間から顔を覗かせる。

そこにはスーツ姿の日本人が、何故か酷く疲れきった様子で立っていた。男は梨音と視線が合うと、深々と頭を下げてくる。

「笹原梨音様、ですね。この度は、こちらの都合で巻き込むかたちになってしまい、大変申し訳ありません」

丁寧な口調で接してくる相手に、さすがに梨音もいきなり怒鳴るような真似はしない。しかし得体の知れない相手というのは変わらないので、完全に警戒を解いたわけでもない。

「どうして俺の名前を知っているんですか？」

一番の疑問を問いかけると、理由はあっさりと明かされる。

「昨夜、あなたをアパートから連れ出す際に側にあった鞄も持ってきたんです。その際、失礼とは思いましたが、名前を確認させていただきました。理由をご説明したいので、どうか話を聞いてもらえないでしょうか？　私はロベルト・バルツォ様の専任秘書を務めている角倉《かどくら》修《おさむ》と申します」

明らかに社会的地位があると分かる、上品なスーツ姿の男に頭を下げられて、意地を張れるほど梨音も強くはない。

「秘書ってことは、ロベルトって社長？　すごく横柄で、嫌な感じだったんだけど」

「ロベルト様は、その……特殊な環境での生活に慣れておりますので、笹原様に失礼なことをしてしまったと思います。我が主人に代わり、非礼をお詫びいたします」

昨夜のような無体をした挙げ句、ろくな謝罪もしないロベルトと違い、角倉ならば話は通じそうだ。

どこか兄を思い出させる彼に、いくらか梨音の気持ちも解れる。

——このおっとりした感じに、弱いんだよな。

梨音には、五歳年上の兄がいる。顔立ちも雰囲気も梨音以上にほんわかとしており、性格も非常に穏やかだ。数年前に結婚して家を出ていて、今年幼稚園に入る子供がいる。

「そっちの話を聞く前に、聞きたいことがたくさんあるんですけど。あなたはともかく、さっきのロベルトって人はなんなんですか？」

「申し訳ありません」

昨夜のことを言っていいものか逡巡するが、角倉は気づいているのか再び頭を下げる。

「驚かれたのも無理はありません。それに、あの方の行ったことは、とても許せるものではないでしょう」

冷静な口調で、梨音が犯されたのを知っていると遠回しに告げられる。だが、角倉の落ち着いた物言いのお陰か、羞恥はさほど感じない。

「納得できないのは、承知しております。できる限りの償いはしますので、どうかお許しください」

「……角倉さんがあいつの部下だから、さっきから頭を下げてるんだろうけど。俺としては本人から直接謝ってほしいんだ」

部下が尻ぬぐいをして終わりでは、あのロベルトという男は反省もなにもしないだろう。

「あんなことして、勝手にこんなとこまで連れてきてさ。なに考えてんだよ」

「申し訳ございません。笹原様をこちらへお連れすることを提案したのは私なのです」

「角倉さんが？」

常識的と思っていた角倉が、この誘拐の発案者と知り梨音は困惑する。

やはり彼も、話が通じないのではと疑い始めたその時、勢いよくドアが開いて元凶であるロベルトが入ってくる。

「ロベルト様。私からの説明がすむまで、お待ちくださるように言ったはずですが」

「外で聞いていたが、埒《らち》があきそうにないから来ただけだ」

狼狽《うろた》える角倉を無視して、ロベルトが近づいてくる。そしてベッドに腰を下ろすと、梨音の頬をそっと撫でた。

「先程より、顔色はよくなったな。お前に不自由を強《し》いるつもりはないから、何でも言え」

「十分不自由です。早く家に帰してください」

むっとして言い返すと、どうしてかロベルトがにやりと笑う。

「角倉、この跳ねっ返りで気の強い性格は気に入った。顔も好みだ、何も問題ない」

問題だらけだと反論する前に、角倉が溜息をついてロベルトを窘《たしな》める。

「まだ説明もすんでいないのですから、どうか少しだけ黙っていてください。——それと笹原様には申し訳ありませんが、あなたはご自宅のアパートには戻れません。大学も休んでいただきます」

「どうしてですか」

今日の講義は休みだが、明日からはゼミも入っている。卒業に必要な単位は既に取得ずみだけれど、だからといって無闇に休みたくはない。

「警察に連絡します。ここってかなりランクの高いホテルですよね。従業員に言えば、すぐ駆けつけてきますよ」

手元に連絡手段がなくても、フロントに駆け込めば対応はしてくれるはずだ。都内の高級ホテルともなれば、醜聞の拡散を恐れてすぐに通報してくれるだろう。

「無駄です」

しかしあっさり否定され、梨音は初めて不安を覚える。

「笹原様の考えていることは大体分かりますが、このフロアに出入りする従業員は、客の事情には一切関わらないようにと教育を受けた者だけです。たとえ笹原様が何かしら訴えたとしても、聞かなかったことにされて終わりです」

「じゃあ、俺が攫《さら》われたって、ホテルの人は知ってるの?」

「どう認識されているかは分かりかねますが、どちらにしろ介入する気はないと思ってください」

きっぱりと言い切る角倉の口調から、彼の言うことが単なる脅しではないと感じる。

それにいくら夜中とはいえ、アパートの周辺には大通りもあってまったく人通りがないわけでもない。個人宅の防犯カメラに映っている可能性もある。

それでも警察沙汰にならないと、角倉は確信を持って告げているのだ。

「だったらせめて、ここに連れてきた理由を教えてください」

「それは無理です。当分はこちらの監視下にいていただきます」

「さっき説明するって、言いましたよね」

「あれはあなたに対する当分の処遇と、償いに関してです。こちらの都合ですので、お望みであれば、すべて終わり次第、ご希望の金額をお支払いします。それに事実を知ってもいいことはありませんよ」

静かだが、角倉は明らかに脅しをかけている。

考え込んでしまった梨音に、意外なところから助け船が出された。

「角倉、隠しても仕方がないだろう。教えてやれ」

「ロベルト様」

「どうせ、家には戻せないんだ。すべて話してやればいい」

上から目線の物言いに、梨音は口を尖らせる。恐らく彼らの身なりや口調からして、社会地位があるはずだ。

大学の外国人教授でも、ここまで流暢な日本語を話す人はいないので頭も相当いいのだろうと梨音は思う。

しかし、いくら学生相手とはいえ、この扱いは理不尽すぎる。

「あんた達一体、何者なんだよ」

とても基本的なことを聞いたつもりだけれど、角倉は視線を逸らす。けれどロベルトに促され、渋々といった様子で信じられないことを告げた。

「教えてやれ。命令だ」

「こちらのロベルト・バルツォ様はイタリアで……所謂、マフィアと呼ばれる組織の跡取りでいらっしゃいます」

聞き間違いか、それとも手の込んだドッキリ企画かと考える。

マフィアという存在は知識として知っていても、それはあくまで映画や小説に出てくるものだとばかり思っていた。

「うそ……いや、そういうのがあるっていうのは知ってるけど。それってイタリアとか香港《ホンコン》とかの組織じゃないの？　ここ、日本だけど」

聞きかじりの知識を総動員して訴えるが、角倉は首を横に振る。

「諸事情がありまして、先月からこちらを拠点にしています。信じたくないお気持ちは分かりますが、これは現実です」

「日本の言葉で言うなら、経済ヤクザというものに近いと思うぞ。マフィアとしてファミリーの結束は昔から変わらないが、暴力的なやりとりは減っている。こうしてお前と日本語で意思疎通ができるのも、仕事上の会話が必要だから覚えた結果だ」

しかし、昨夜血まみれで蹲っていたロベルトを助けた梨音からすればまったく納得いかない。

「本当は、あなたに知らせないよう事を運びたかったのですが仕方ありません。日本で刑事事件を起こしていないとはいえ、私共の組織が危険視されているのは承知しています。ですので笹原様には申し訳ありませんが、監視をつけさせていただきます」

大真面目に語られて、梨音は慌てた。自分が考えていた以上に、厄介なことに関わってしまっていたのだ。

「誰にも言わないって約束するから、家に帰してよ」

「そういう問題ではないんです。こちらとしても、あなたが軽々しく喋ればそれなりの措置をしなくてはいけなくなります。ですが、ロベルト様を匿《かくま》ってくださった恩人に、酷いことはしたくありません」

もう十分酷い目に遭ってると訴える前に、ロベルトが口を挟む。

「戻ればお前は、私を狙った連中に殺されるぞ」

「別に俺は何もしてないけど」

「私を匿った時点で、お前の意思とは関係なく狙われる対象になった。初めは、お前のアパートすべてを買い取って警護しようと考えたのだが、それだと目立つと角倉が反対してな。それで連れてきたんだ。大体近づくなと警告したのに、関わってきたのはお前だろう」

まるで梨音に原因があると言わんばかりのロベルトに、腹が立ってくる。怪我をしている相手を助けたのに、犯された挙げ句に監禁だなんてあり得ない。

「昨夜、アパートの近所で発砲事件があったのはご存じですか？　あれは恐らく、ロベルト様を狙ったものかと」

「脚を撃たれた。多分、背中も貫通していただろうな」

「やっぱり。服がかなり汚れてましたから、そうだと思ったんです。ご無事だと分かっておりますが、撃たれたことくらい、おっしゃってください」

二人の奇妙な会話に、梨音は首を傾げる。

――そういえば、あれだけの大怪我してたのに、この人は元気そうだし。なんでだ？

先程感じた違和感が頭を過《よぎ》り、改めて尋ねてみる。

「怪我、してたよな？」

犯されたことに怒りはあるけど、彼の怪我の具合が気になるのも事実だ。それに角倉のまるで傷を見ていないような不自然な反応が理解できない。

しかし角倉は曖昧に微笑むだけで、ロベルトは無言だ。

「ともかく、笹原様が狙われているのは確かです。対処はこちらでしますので、落ち着くまではどうかこちらに宿泊してください」

「落ち着くまでって、どのくらいかはっきり教えてください。それと、本当に発砲事件があったなら警察が動いてますよね。なら俺が逃げ隠れする必要はないはずだけど」

警察に個人的な護衛を頼むのは無理だが、拳銃を使った事件で犯人が逃走中ならパトロールくらいしているに決まっている。ホテル側に助けを求めることが無駄だとしても、警察が動くなら話は別だ。

――このまま大人しく、ここにいるほうが危険なんじゃないか？

考えれば考えるほど、何も信用できなくなる。

それに、発砲事件と言っているのは角倉だけで、厳密には梨音もロベルトの傷は見ていない。

出血は確認したが、別の原因で怪我をした可能性もある。

マフィアであることを知った梨音の口封じも兼ねて、もっともらしい事件を作り上げているだけかもしれない。

「失礼ですが、ロベルト様とアパートに戻ってから、サイレンの音は聞こえましたか？」

「えっと……聞こえなかった。かも……」

返事が曖昧になってしまうのは、正直それどころではなかったからだが、言えるはずもない。

しかし記憶を辿《たど》ってみても、確かに警察車両のサイレンは聞こえてこなかったと気づく。

自分はロベルトに『通報するな』と言われたけれど、アスファルトに残った血溜まりを見れば誰かが騒ぎ立てるはずだ。

警察に通報しなくても、今はネットで拡散される。

誰かが注目を集めたいがために写真をアップすれば、瞬く間にマスコミが食いついてくるはずだし、それを根拠に通報する人もいるだろう。

「大使館に頼んで、情報を止めてもらったんです」

「え？　そんなことまでできるんですか？」

「日本にも、こちらの協力者はいる。それにマフィアと言っても、今は貿易業がメインだからな。政財界にも顔は利く」

　ロベルトの言葉から、彼とその一族が企業としてかなりの力を持っていると知る。

「かなり情報は抑え込みましたが、一部のSNSで拡散された内容は消すのに時間がかかりました。ですので狙った相手が、あの近辺にロベルト様を匿った人物がいると探り当てている可能性は高いんです」

「あの出血だったからな。撃った相手は、私が死んだと思い込んで逃走してくれた。まあ、結果としてはよかったが」

「よくない！」

　一人楽しそうに笑うロベルトに、また怒りがこみ上げてくる。

　——心配して損した。

　未だ彼らがマフィアだという事実に半信半疑の梨音だけれど、危険な相手に関わってしまったというのは理解した。

「私共としては、ロベルト様を匿ってくださった笹原様に感謝しております。突然のことで納得はいかないでしょうけど、どうかこちらの指示に従ってください。笹原様の安全を確保するために、全力を尽くします」

再び頭を下げられ、梨音もこれ以上意固地になっても仕方ないと考える。

「分かりました」

そう答えると、角倉が安堵の溜息を零す。その一方で、すべての元凶であるロベルトは我関せずといった様子だ。

秘書を務める角倉は、普段から相当ロベルトに振り回されているのだと察せられる。

「では、着替えをお持ちします」

「あ、はいっ」

言われて梨音は、改めて自分がバスローブ一枚だったことを思い出す。

「どうせ外には出ないのだから、そのままでも構わないぞ」

「煩《うるさ》い！　あんたも出ていけ！」

そう叫ぶと、梨音は毛布を被り蹲る。角倉が着替えを持って戻ってくるまで、ロベルトに何を言われようと答えず、ひたすら丸くなって羞恥に耐え続けた。


こんな状況でも、お腹は減る。体はとても正直だ。

持ってきてもらった服を着て、梨音はのろのろとベッドから出る。

当たり障《さわ》りないファストファッションの品物なので、サイズが少し大きめだっただけで特に不都合はない。

「あの、なにか食べるものってありますか」

こんな高級ホテルに宿泊した経験などない梨音は、隣室に控えていた角倉に問いかける。

この服でレストランに行くと言われたらどうしようかと思っていたが、できるだけ外出は控えさせたいようで、すぐ部下を呼びルームサービスのメニューを持ってこさせる。

「お好きなものを頼んでください」

「そう言われても……こんな値段じゃ払えない」

カレーだけでも数千円するメニューに、目眩《めまい》がする。そんな梨音に、角倉は穏やかな笑みを返す。

「笹原様は私共の大切な客人ですから、値段は気にしないでください。勿論、ホテルの宿泊費を請求するつもりはありませんし、こちらに滞在している間のアパートの家賃も負担させていただきます」

「そこまでしてくれるの?」

「申し上げましたとおり、ロベルト様はバルツォ家の次期当主なのです。万が一のことがあれば、一族はおろか、傘下の企業にも多大な影響が出るんです。それを救ってくださったのですから、この程度のお礼は当然ですよ」

説明されても、実感が湧かない。

そもそも、梨音の実家はごく一般的なサラリーマン家庭で、所謂セレブと呼ばれる友人や知り合いはいなかった。

大学に入学してから英人と遊ぶようになり、裕福な家庭の生活を垣間見る機会はあるが、それだけだ。

——確か英人の家も、大学の理事長の他に親戚が会社やってるって言ってたような。

社交的で明るい英人だが、別に実家の資産をひけらかしたりはしない。気の合う相手とは対等に付き合うので、梨音も要らぬ劣等感を持たずにすむのだ。

しかし、ここでは勝手が違う。

いくらお礼だからと言われても、学食の値段よりゼロが一つばかり多い料理を頼むのは気が引ける。

だがお腹は減るので、仕方なく一番安いカルボナーラを頼んだけれど、それでも梨音にとっては胃が痛くなるような値段だった。

おまけに運ばれてきたカルボナーラの他に、野菜ジュースやサラダ、ケーキ。サンドイッチやらパンケーキなど頼んでもいないものがテーブルに並べられる。

「あの、これ」

「どうぞ遠慮なさらず、食べてください。丁度おやつの時間でしたので、フィルミーノ様も同席されますから頼んだだけですし」

――フィルミーノ様？　まだマフィアがいるのか！

今のところ、顔を合わせているのはロベルトと角倉だけだ。扉を開け閉めする際に、護衛らしい黒服の男がちらと見えるけれど、梨音と目を合わせようとはしない。

考えてみれば、これだけ広い部屋を使っているのだから、もっと多く人がいてもいいはずだ。

「この部屋は、あのマフィアと角倉さんで使ってるんですか。それとフィルミーノ、さん？」

「いえ、こちらはロベルト様専用の部屋です。私を含めた秘書は隣室を、フィルミーノ様は廊下の向かい側の部屋を使っております。護衛の者は、非常階段とエレベーター近くの部屋に待機させてますからご安心ください」

ということは、つまりこのフロア全体を彼らが使用していることになる。

――マフィアってだけでも冗談じゃないのに、なんなんだよ、この人達。

ルームサービスだけでも高くて気後れしてしまうのに、こんな豪華な部屋まで無料と言われて喜べるほど梨音の神経は太くない。

相手のせいだと分かっていても、庶民の梨音からすると申し訳ない気持ちでどうしていいのか分からなくなる。

「もう少し安いホテルとかないんですか？　ビジネスホテルでも構わないんですけど」

「それではセキュリティーの意味がありませんから」

すぐ角倉に却下されてしまい、梨音は居心地の悪い気持ちのまま、柔らかなソファに腰を下ろす。

寝室もそうだったが、どの部屋の家具も一目で高級品と分かり汚してしまわないか心配になってしまう。

「ロベルト様、フィルミーノ様も……」

驚いたような角倉の声に顔を上げると、どこかに行っていたロベルトが一人の子供を連れて戻ってきた。

ロベルトの脚にしがみつき、後ろに隠れているのは寝室で梨音に何か文句を言っていた子供だ。

「あ、さっきの子」

「フィルミーノ・バルツォ。私の弟で三歳になる」

——人形みたいで、性別が分からなかったけど……男の子だったのか。

膝丈のズボンをサスペンダーで吊っており、白いシャツの襟元には可愛いレースがあしらわれている。

大きな瞳で梨音をじっと見つめてくるその姿は、改めて見ても天使のようだという感想しか出てこない。

この子が成長すると、ロベルトのような精悍な顔立ちになるのかと不思議に思う。

「私は父に似たが、フィルは母親似だ」

「あ、その。ごめん」

何に対して謝ったのか、自分でも不明瞭な感じになる。

「フィルミーノ、挨拶をしなさい」

「でも……にいさまはこのひととおはなししてて、かえれなかったんでしょう？　ぼくのほうがさきにやくそくしてたのに」

「梨音は私を助けてくれた、恩人なんだよ」

どうやらフィルミーノは、昨夜ロベルトが戻らなかった原因が梨音にあると思い込んでいるらしい。

――それで怒ってたのか。

目を覚ました時に、口を尖らせていたフィルミーノの顔を思い出す。幼い子供からすれば、大人の事情なんて分かるはずもない。

「挨拶がまだだったね。俺は笹原梨音、ちょっと事情があって……君のお兄さんと知り合いになったんだ」

「そうなんだ……」

まだ納得いかない様子だが、ロベルトに促されて梨音の向かい側にちょこんと座る。梨音は前にあったパンケーキの皿をフィルミーノのほうに置き直してやると、初めて満面の笑みを浮かべる。

「フィル、これすきなの。あと『がんばれワンワン』」

聞き慣れたアニメのタイトルが、フィルミーノの口から飛び出す。兄が家族と共に帰省する度に、子供達が退屈しないように持ってくるＤＶＤだ。

「日本語、上手だね」

ところどころ不明瞭な部分はあるものの、三歳でこれだけ喋れるのはすごい。

「『がんばれワンワン』みてるからね。フィルもおおきくなったら、にいさまやワンワンくんみたいな、つよいせいぎのみかたになるんだ」

ちょっと生意気そうな口調で胸を張るフィルミーノは可愛らしく、それを見ているロベルトと角倉の眼差しも心なしか穏やかだ。

「さっきは、えっと。ごめんなさい」

「え、ああ。気にしてないよ」

正直、先程のフィルミーノの言葉はまったく聞き取れていない。だから梨音からすれば、癇癪を起こしていた程度の認識しかないのだ。

兄の子供も喧嘩の時に騒ぐので、ある意味慣れてはいた。しかし続いた言葉に、梨音は別の意味で驚く。

「あのね、きのうはにいさまと『がんばれワンワン』をみようってやくそくしてたの。それでね、りねのせいでみれなかったからおこったの」

パンケーキに載った生クリームを口へ運びながら、フィルミーノが不機嫌だった理由を説明してくれる。

「海外でも放送してるの？」

日本で人気があるのは兄家族のお陰で熟知している。しかし海外にまでファンがいるとは思ってもいなかった。

「DVDと衛星放送で、視聴しているんです。ただイタリア語には訳されていないので、日本語版でしか見られないのですが」

「いっぱいみて、にほんごべんきょうしたんだよ」

『がんばれワンワン』は、幼児の間でダントツ人気のアニメだ。絵本やゲーム、ぬいぐるみからカードゲームまで様々な商品が出ている。

兄の子も大ファンなので、梨音もそれなりに内容やキャラクターは把握していた。

「でもりねは、にゃんこひめだったんだよね」

「……どういうこと？」

「ワンワンくんがピンチのときに、にゃんこひめがたすけたんだよ」

子供の視点で話が進むので、梨音にはいまいち理解ができない。そんなフィルミーノの言葉を補うように、角倉が口を挟む。

「日本に来てから本放送を見まして。先週の回が、『主人公をにゃんこ姫が匿う』という内容だったんです。フィルミーノ様は本当に、『がんばれワンワン』が大好きで、このとおり日本語も流暢で――」

「かどくら、うるさい。おはなしのじゃましないで！　フィルがりねとおはなししてるんだよ」

項垂《うなだ》れる角倉を無視して、フィルミーノが頬を膨らませる。どうやら角倉は、外見こそ仕事一筋のサラリーマンふうだが、子供好きであるらしい。

そんなやりとりを聞いていたロベルトが、いくらか柔らかな口調で会話に交ざる。

「フィルはワンワン君に夢中でな、私をワンワン君の仲間だと信じている。それでお前が、にゃんこ姫というわけだ」

「はあ」

子供の言うことだから、『にゃんこ姫は女の子で、自分は男だから違う』などと訂正するのも大人げない。

多少もやもやとした気持ちになったけれど、梨音はフィルミーノに頭を下げた。

「助けたっていうか。偶然みたいなものだし。お兄ちゃんから連絡来なくて、心配だったんだよね。不安にさせてごめん」

「ううん、いいの。ねえ、りね。いっしょに『がんばれワンワン』みよう」

「えっと……」

助けを求めてロベルトを見るが、彼は苦笑するだけだ。

「フィルミーノ様が懐くなんて。驚きました」

「俺の兄が結婚してて、二番目の子がフィルと同い年なんです。ワンワン君は海外でも人気なんだね」

家族の説明をすると、ロベルトと角倉は納得した様子で頷《うなず》く。

「そういうことか。フィルは人見知りが激しいからな。よければ話し相手になってほしい」

「別にいいけど。でも俺でいいの？　シッターさんとかその……お母さんは？」

このくらいの年の子を、母親から引き離して滞在させるのはあり得ないと思う。しかし二人は、顔を見合わせて溜息をつく。

「見てのとおり、フィルと私はかなり歳が離れている。私は二十六歳、フィルは三歳になる。色々と事情はあるが、両親は同じだぞ」

僅かに梨音が言い淀んだのを、ロベルトは聞き逃さなかったらしい。確かにこれだけ年齢差のある兄弟ならば、異母兄弟と思われることも多いだろう。

「誤解のないように言っておく。母は十六歳で父に嫁ぎ、私を産んだ。その後、私が二十二の時にフィルが生まれた」

随分と早い結婚だと思うけれど、それは各家庭の事情もあるだろうから梨音は頷く。

「かなり歳は離れているが、幸い私を兄と慕ってくれている。お前もフィルには、優しく接してほしい」

幼いからといって、子供は侮《あなど》れない。周囲から向けられる悪意や好奇心を、時には子供のほうが敏感に察する。

「俺も兄さんの子供の相手とかするし。慣れてるわけじゃないけど、話し相手くらいならできるよ」

そう言うと、ロベルトがほっとしたように息を吐く。

「今回の旅行は初めは母も反対したのだが……どうしても一緒に行くと駄々をこねてついてきてしまってな」

「つまり、フィルの両親が癇癪に根負けしたってこと？」

「ええ。フィルミーノ様は普段はとても聞き分けがよいのですが、ロベルト様のこととなると……」

「だってにいさま、おでかけするとかえってこないんだもん」

なかなか複雑な家庭環境のようだと、梨音は察する。

――兄さんのとこの暴れん坊より大人しそうだし。ま、いいか。

被害者だが、こんな豪華なホテルでただ自由に生活して構わないと言われても気が引ける。フィルの面倒を見るという仕事あれば、多少は気まずさも薄れるだろう。

「りね、けーきもらっていい？」

「ああ、どうぞ」

目を輝かせてショートケーキを頰張るフィルミーノを眺めていると、いくらか気持ちが穏やかになる。

――なるようにしか、ならないか。

梨音はカルボナーラを口へ運びながら、これからのことを考える。

彼らがマフィアだと言うなら、逃げ出すのは難しいだろう。仮に逃げ出せたとしても、連れ戻されるのは目に見えている。

できるだけ相手を刺激せず、なおかつ迅速に平穏な日常を取り戻すには、今は彼らの言うことに従っているべきだ。

お腹が満たされると、精神的に余裕も出てくる。

言いたいことは山のようにあるが、まず自分の主張をしなければと考えて、梨音はこの中で一番話の分かりそうな角倉に向き直る。

彼は一人がけのソファに座るロベルトの背後でずっと立ったままだから、自然とロベルトにも話しかけるかたちになる。

――やっぱりあの耳……気になる。それにしても、フィルや角倉さんは何も言わないけど、どうしてだ？

時折動く狼耳に視線がいってしまうが、今考えるべきことは多々ある。狼耳に視線が向いてしまうのを我慢して、梨音は口を開いた。

「角倉さん。ここに住まなきゃいけないのは仕方ないとしても、大学へは行かせてください。これから就活の準備もあるし、ゼミだってまだ途中なんですよ」

人気のある教授のゼミに入りたくて、最初の二年はかなり頑張って高成績を維持した。お陰で教授陣からも評価され、先輩達とも良好な関係を築けている。

コネとまではいかなくても、就職に有利な情報は多く得られるはずだ。そんな現状を『理由不明の長期欠席』なんてもので、めちゃくちゃにしたくはない。

「分かりました。安全の確認が取れ次第、手配をいたします。ですがこちらも、笹原様に護衛をつけさせていただきます」

「余計目立つんじゃ……」

「できるだけ自然なかたちで護衛できるようにします。万が一の場合、あなたの周囲にも危険が及ぶので、これだけは我慢してください」

大げさという気持ちは消えないが、頑なに拒否をすれば彼らは大学に通うことを禁じるだろう。

「それと、安全が確認できるまでは、ホテルからも出ないでください」

「分かりました。でも、確認は早くすませてくださいさい。こっちだって、生活があるんですから」

「かしこまりました」

そんなやりとりを黙って聞いていたロベルトが、ぼそりと割って入る。

「何故、角倉の言うことは素直に聞くんだ？」

明らかに不機嫌なロベルトに、梨音は面倒そうに肩を竦めた。

「だってあんたに話しても、分かってくれそうにないからだよ。とにかく、お互い納得できる方向に持っていけたんだし、いいだろ」

態度で分かれと思うが、ロベルトにはまったく伝わっていないようだ。角倉は不穏な空気を察して狼狽えているが、梨音もここで下手《したて》に出るつもりはない。

「自分のしたことを、よく考えてみろよ」

「不都合があれば、口には出さず相手に考えろと命じる。日本人の悪い癖だな」

「梨音様、お部屋をご用意いたします。このフロアはすべてこちらで使用していますから、気に入ったお部屋に……」

どんどん悪くなる場の空気にいたたまれなくなった角倉が、助け船を出す。しかしこれもロベルトが空気を読まずに提案をひっくり返した。

「梨音は私と同室にしろ」

「は？　なんで？」

このフロアすべて使っていると言うのなら、部屋は余っているはずだ。

どうして自分を犯した男と、同室にならなくてはいけないのかと梨音は角倉へ助けを求めるように視線を送る。

しかし角倉は、申し訳なさそうに無言で首を横に振る。

「俺の側にいれば、警備も兼ねられて丁度いいだろう」

名案だと言わんばかりの態度に、梨音は彼を殴りたくなった。

——あんたが一番、危険なんだよ！

「申し訳ありません、笹原様。可能な限り、ご希望は考慮するのでどうか……お願いします」

無茶ぶりをする上司を持ったサラリーマンそのものの態度に、梨音は哀れみすら覚えてしまう。

彼もまた、ロベルトの我が儘に振り回される被害者の一人なのだ。

ここでいくら梨音が拒否をしても、ロベルトは前言撤回しないだろうし、むしろ責められるのは角倉だ。

「私の部屋は、先程梨音が寝ていたベッドのある一番奥の角部屋だ。オーディオやパソコンも揃っている。娯楽品が必要なら何でも取り寄せよう」

だから退屈はしなくてすむ、というのがロベルトの持論らしい。

梨音の気持ちなど、まったく考慮していない押しつけに辟易《へきえき》する。

——どんな生活してたら、こんな横暴な性格になるんだ？

改めてロベルトを見れば、王様みたいな風格と気品に内心圧倒された。だが頭で揺れる狼耳が、恐怖を緩和させてくれる。

「そうだ、フィル……」

言い争っていて忘れていたが、ここにはまだ幼いフィルミーノがいたのだ。

怒鳴り合う声に怯《おび》えてないか心配になったが、新しく食べ始めたパンケーキの皿を抱えたまま、うつらうつらと微睡《まどろ》んでいる。

あの騒ぎの中、気にもせず眠っていたと分かり梨音はつい笑ってしまう。そして自分もつられたのか、また睡魔が襲ってきた。

「部屋のことはもういいです。とにかく今は、休ませてください」

返事を聞く前に梨音は席を立つと、フィルミーノの手から皿を取ってテーブルに置く。そして兄の子達にするように、肩へ担ぎ上げた。

「おい」

「熟睡してる子はこのくらいじゃ起きません。それより早く、ベッドに連れていきたいんだけど」

促す梨音に、角倉が慌ててドアを開ける。

この時点で、どうせ数日もすれば帰れると梨音は軽く考えていたが、程なく甘かったと気づかされることになった。


——完全に、相手のペースだ。

説得というより半ば脅されてホテルの滞在を受け入れた梨音だったが、翌日から早速後悔し始めた。

安全が確認できるまで、アパートだけでなく大学にも行けない。おまけに外出まで制限されている。

与えられた部屋から出ると、どこからか屈強な男が数名現れて護衛と名乗りついて回るので気を抜く暇もない。

しかし部屋に戻っても、ロベルトと同室なのでどうにも息が詰まる。

昼の間、ロベルトは仕事で出ている時もあるが大抵は部屋でノートパソコンに向かっている。スーツ姿で書類を確認しキーを打つ姿はとてもマフィアとは思えない。

——仕事してる姿は、外資系の社長なんだよな。

ただ決定的な違和感がある。それはロベルトの頭には狼耳、スラックスからふさふさとした尾が生えているという点だ。

「りね、ごはん」

ソファに座ってなんとなく眺めていると、いつの間にか側に来ていたフィルミーノに肩を揺さぶられた。

「もうそんな時間か」

「きょうは、なににするの」

ルームサービスのメニューを差し出され、梨音は少し考え込む。昨日から食事はすべて、部屋ですませている。

ホテルから出られないので仕方ないが、毎回こんな高額な料理を注文するのはどうしても気が引けてしまう。

――美味しいんだけど……。

問題は、値段だけではない。高級ホテルのメニューなので、種類は豊富だ。最近の傾向を考慮してか、栄養バランスも取れたラインナップになっている。

とはいえ、頼む側が気にしなければ好みのものばかり頼むことになるのは明白だ。特にフィルミーノは、毎食ハンバーグやパンケーキばかりであまり野菜を食べないらしい。

「よし、決めた」

「どうしたの、りね」

「これからフィルの食事は、俺が作る」

「りね、おりょうりできるの？」

小首を傾げるフィルミーノに、梨音は頷いてみせる。一人暮らしを始めてから外食はほとんどしていないし、コンビニエンスストアの食品も最低限しか使っていない。

実家にいた頃から、共働きの両親に代わり平日の夕食は梨音が作っていた。

たまに泊まりに来る英人や親しい友人達からも、『これまで付き合ったどの子より、梨音の手料理が美味い』と誉められたほどだ。

ホテルのシェフには敵わないだろうけど、人にふるまえる程度には自信がある。

「オムライスにしようか。ふわふわ卵の載ったやつ」

まず頭に浮かんだ献立は、子供が好むオムライスだ。

――野菜嫌いのフィルでも、人参やタマネギを刻んでケチャップご飯に混ぜ込めば絶対に食べられるだろう。

よく義姉が、野菜嫌いの兄や子供達に使っている手である。

長期休みで兄の一家が遊びに来る時に、色々とレシピを教え合っていたので、レパートリーも豊富だ。

「やったね！　にいさまもいっしょ？」

「……うん」

本当は作りたくないけど、昼食に呼ばなければフィルミーノが拗ねるだろう。ちらとロベルトを見やると、タイミング悪く視線が合わさった。

「私も同じもので構わないぞ」

「あんたの意見は聞いてない！」

言い争いをしても不毛だと割りきって、梨音は気持ちを切り替え角倉を呼ぶ。そして彼に欲しい食材を書いたメモ用紙を手渡す。

「宜しいのですか？」

怪訝《けげん》そうに問う角倉の気持ちも分からないでもない。最近では自炊する男性も増えてきたとはいえ、ルームサービス付きのホテルですることではないだろう。

疑問はもっともだが、梨音としても言い分はある。

「一日ぼけっとしているより、何かしてたほうが気が紛れますし。それに食事だけじゃなくて、服も揃えてもらってるから。そのお礼です」

被害者ではあっても、その立場に甘えすぎるのはなんとなく居心地が悪い。

それに梨音が引っかかっているのは、ロベルトの態度に対してだけでフィルミーノや角倉に怒りはない。

「しかし……」

「好きにさせてやればいい」

思わぬところから助け船が入り、梨音は驚く。

「不自由を強いているのは、こちらの理由だ。料理くらい、別にいいだろう。それに私としても手料理には興味がある」

別にロベルトのために作るわけではないが、言えば喧嘩になりそうなので口を噤《つぐ》む。

「分かりました。他に必要なものがあれば、遠慮なく申しつけてください」

「うん。でもさっきキッチンを見ましたけど、必要なものは揃ってるみたいですし。とりあえず食材だけあれば何か作ります」

一般家庭ほどではないが、食に拘《こだわ》る宿泊客用に最近ではキッチンも充実している。少なくとも梨音の住んでいたワンルームよりも、立派な調理器具が揃っていたのは驚いた。

三十分ほどで角倉が買い物から戻り、梨音は一緒に買ってきてもらったエプロンを着けると調理場に立つ。

そして手早くオムライスを四人分作り上げた。

「俺とフィルと、ロベルトの分。よかったら角倉さんも食べてください」

「わーい！　いただきまーす」

テーブルに並べると、一番に歓声を上げて食べ始めたのはフィルミーノだった。とろとろ卵とケチャップご飯を掬《すく》い上げて、思い切り頬張る姿は普通の子供と変わりない。

「どう？」

「おいしい！」

どうやら野菜を混ぜ込んであることに、まったく気づいていないようだ。

無邪気に食べるフィルミーノを見つつ、仕事を中断してテーブルに来たロベルトがごく自然に梨音の隣に座ると、静かに食べ始める。

――ただのオムライスなのに、この人が食べると高級品に見える。

洗練された所作のせいなのか、スプーンで掬って口へ運ぶ仕草さえ優雅だ。しかし、梨音の目に見えている狼の尾と耳が嬉しそうに揺れているので、自然と口元がゆるんでしまう。

「これまで食べたどの料理より、美味だ」

「……大げさすぎ」

とはいえ、手料理を誉《ほ》められれば嬉しいのは本当だ。

食べていいのか戸惑っていた角倉も一口食べると、僅かに目を見開く。

「笹原さんは、調理学校に通った経験があるのですか？」

「まさか。親が共働きで、兄は勉強ばかりの人だったから自然と俺が作るようになったんです」

「りね、りょうりじょうずだね！　もっとたべたい！」

「フィルミーノ様。無理を言ってはいけません」

窘める角倉に、梨音は首を横に振る。

「いいよ。みんなの口に合うなら、滞在中はできるだけ作るつもりだったし。栄養面とか考えたら、自炊したほうがいいかなって」

昨日、初めてルームサービスを頼んだ時から、正直居心地が悪いと感じていた。

フィルミーノの食事も、それに頼りきりではよくないと指摘する。

「これ、ご飯の中にみじん切りにした野菜がかなり入ってるんです。小さい子に気づかれないようにして、野菜を食べさせる方法には自信がありますし。俺とフィルの分だけでも自炊させてもらえたら嬉しいんですけど」

夢中になって食べているフィルミーノに聞こえないように、小声でロベルトと角倉に聞いてみる。彼らにしてみても、梨音の申し出はありがたかったらしい。

「金は払うから、これからもフィルと私の分も宜しく頼む」

二つ返事で頷くロベルトに、梨音は注文をつけた。

「俺は使用人じゃない。金を受け取ったら、あんたの注文を聞いて、作らないといけなくなるだろ。それはさすがに嫌だ。あくまでこれは、そっちの貸しを少なくするためにやってることだから、そのつもりでいてくれないと」

材料の代金はもらうけれど、それ以上は受け取るつもりはないと続ける。

「では、私の分は……」

「あんたは大人なんだし、外食しても自分で節制できるだろ」

「お前の作る料理は美味いから、できれば作ってほしかったんだが」

意外にも、ロベルトは強気に出ない。

言いすぎたかなと、梨音は少し後悔する。本当はまとめて作るほうが、楽なのだ。

このフロアで働くロベルトを含めた彼の部下全員分を三食というのは大変だけれど、夜食だけとかならまったく問題はない。

「大したものじゃないよ。俺が受験の時に、母さんが簡単に食べられるようにって作ってくれたレシピが基本だしさ」

「仲のいい家族なんだな」

どこか寂しそうな物言いに、胸が罪悪感で痛む。

――やっぱりマフィアだから、家族間でも殺伐としてるのかな？

せっかく美味しいと言ってくれるのに、無下にしてしまうのもよくない気がする。

「それなら……一つ条件がある。約束を守ってくれるなら、フィルのを作るついでにあんたのも用意する。それと、護衛の人達の夜食くらいなら、作ってもいい」

「条件とはなんだ。言ってみろ」

「長時間労働は禁止。仕事のしすぎは、体によくない。忙しいだろうけど、無理して体を壊したらフィルが悲しむだろ」

「……分かった」

ロベルトはほぼ毎日、仕事で出かけている。外に出れば相手との会食やパーティーが入っているので、食事には困らないが栄養面での不安はある。

――別に、こんな奴の体調なんて、どうなってもいいけどさ。もし倒れたりしたら、フィルが悲しむだろうし。

そう心の中で言い訳をして、梨音は続ける。

「あとは、出されたものは文句を言わず食べること。アレルギーは別だから、食べられないものがあれば先に教えて」

ついでに角倉にも、アレルギー持ちの部下がいないか確かめるように頼む。

「りね。おかわり」

口の周りをケチャップで汚したフィルミーノが、空になった皿を元気よく差し出す。これだけ気持ちよく完食してもらえると、作りがいがある。

「フィルはお気に召したようだな」

「うん、ルームサービスのごはんより、りねのごはんがおいしいもん」

天使の微笑みに、自然と場が和む。

そしてその日から、角倉の仕事に食材の買い出しが加わり、梨音は『気分転換と、貸しばかりを作らないため』という理由のもと、フィルミーノとロベルト専属の料理番という立場が決まった。


梨音が軟禁状態に置かれてから、数日が過ぎた。当初は目覚める度に『これは夢だ』と現実逃避をしてたが、現実を受け入れざるを得ない。

とはいえ、認めたのは自分の置かれた状況だけだ。

あの夜のことは、当然許してなどいない。

なりゆき上、ロベルトの夜食を作る約束をしてしまったが、それは好待遇に対する引け目を感じたくないからだと、自分に言い聞かせている。

――角倉さんはすぐに終わらせるって言ってるけど。どこまで信用していいか……。いっそ、警察が捜してくれれば、ロベルトを狙った犯人も俺には何もできなくなるだろうし。

しかしそうなるためには、家族から捜索願が出されなくてはならない。

このままホテル暮らしが続いたら、講義や就活に支障が出る。

それに、実家にはお盆と正月に帰省するだけで電話もしないから、連絡がなくても捜索願が出されることはないだろう。

可能性があるとすれば、ゼミの教授が無断欠席をする梨音に連絡を取ろうとして、アパートへ戻っていないと気がついた場合だ。

周囲が梨音の失踪を確認するまで、下手をしたら数週間はかかってしまう。

外はおろか、ロビーへ下りることさえ禁じられている梨音には連絡手段がまったくないのだ。

「りね。『がんばれワンワン』いっしょにみよう」

室内にいる分には好きにして構わないと言われているのだけれど、することがないので大抵はフィルミーノとビデオを見たりして時間を潰す。

「いいよ」

DVDを持って梨音の側に来たフィルミーノが、無邪気に笑って袖を引っ張る。

これまでは角倉が子守をしていたらしいが、梨音が来てからは角倉がお菓子でつっても見向きもしないらしい。

特別子供好きではないけれど、素直で可愛らしいフィルミーノに懐かれれば梨音も無下にはできなかった。

「角倉さんは？」

再生機にＤＶＤをセットして、フィルミーノと並んでソファに座る。

「にいさまと、おしごとだって。あさごはんね、フィルがおやさいのこしたら、おこったの。だからかどくらきらいっていったら、もうしりませんていってどっかいっちゃった」

そういえば、先程廊下ですれ違った際に角倉が観葉植物の陰でこっそり涙を拭っていたのを見てしまった。

とても声をかけられる雰囲気ではなかったから気づかないふりをしたのだけれど、どうやら正解だったらしい。

――角倉さん、フィルのことを大切に思ってるんだろうけど。……真面目すぎて、逆効果になってるな。

義姉も野菜を食べない子供に辟易していると、会う度に愚痴を零しているから苦悩はなんとなく理解できる。

「俺も野菜嫌いだったけど、食べないと背が伸びないしさー、ワンワン君みたいに力も出なくなるんだぞ。力が出ないと、正義の味方の試験に落ちるって知ってた？」

「ううん、しらない」

目をまん丸に見開いて、フィルミーノが首を横に振る。幼い子供にしてみれば、憧れのヒーローになれないのは人生最大のピンチだ。

「フィルが野菜嫌いだっていうなら、正義の味方は諦《あきら》めるしかないよ」

「ぼくたべる……ちょっとずつでもへいきかな？」

「試験までに好き嫌いがなくなれば大丈夫だよ」

「わかった。がんばるね」

真剣な顔で頷くフィルミーノは、まさに天使だ。こんな可愛らしい子が、十年後にはふてぶてしいロベルトのようになるとは考えたくない。

「フィルは悪い大人になるなよ」

「うん。にいさまみたいに、かっこよくなるから、りねもおうえんしてね」

「……えっと、それは……」

「応援しないのか？」

「わあっ」

耳元でいきなり囁かれ、梨音は悲鳴を上げた。振り返ると、そこには仕事へ行ったはずのロベルトが立っていた。

「なんだよ、いきなり！」

「どうしてお前は私にだけ口が悪くなるんだ？」

自分の行いを振り返ってみろと怒鳴りたくなるのをぐっと堪えて、梨音は心に蟠《わだかま》っていた疑問をぶつける。

「大体、どうしてあんたは普通に出かけてるんだよ。あんただって、命を狙われてるんじゃないのか？」

「私は仕事がある。護衛もつけているし、相手にもそれとなく話はしてある。お前のように無防備な状況で大学へ通うのとはわけが違う」

「おかえりなさい、にいさま」

満面の笑みを浮かべるフィルミーノの頭を、ロベルトが優しく撫でる。年齢差から考えれば、彼の子供だと言っても信じるだろう。

——そういえば俺、この人達のことなにも知らない。

命を狙われる危険があるとは説明されたが、彼らが貿易関係の仕事を隠《かく》れ蓑《みの》にマフィア家業を生業《なりわい》としている程度のことしか聞かされていない。

知ってしまったら、それもまた問題になるのだろう。けどどうしてロベルトに狼の耳と尾が生えているのか、そしてこんな小さな子供を連れて、長期滞在をしているのかなど不可解なことばかりだ。

相変わらず、角倉やフィルミーノ。そしてロベルトを警護する黒服の男達や、部屋掃除に入ってくるスイートルーム専属の従業員は、彼の狼耳と尾を見ても顔色一つ変えない。

いや、彼らの態度からして、見ないふりをしているというよりも『まったく見えていない』と考えたほうが正しいかもしれない。

あの夜以来、自分だけが幻覚を見ているのかと梨音は疑ったけれど、目の前にいるロベルトの頭には確かに質感を持った狼耳が生えている。

「どうした、具合でも悪いのか」

まだ上着も脱いでいないロベルトが、当然のような顔をして梨音の隣に座る。丁度、兄弟に挟まれるかたちとなった梨音は動けない。

——なんか、距離感近いな。

ふと気づくと、ロベルトはこうして梨音の側にいる。初めはフィルミーノを心配しているのかと思ったけど、寝室は別なので違うようだ。

犯された記憶は鮮明で、未だに夢に見るほどだ。なのにロベルトは、やっぱり謝らないし、むしろ何事もなかったかのようにふるまう。

他にもいくつか腑に落ちなかったり理解しがたいことはあり、そのうちの一つが室内の違和感だ。

やっと現状を把握できるくらいに落ち着いてきた梨音は、与えられた部屋にまったく鏡がないことに気づいた。

更に窓にはカーテンが引かれ、表面が反射するような調度品には布がかけられている。

——耳と尻尾も不思議だけど。あの夜……ロベルトの顔が狼になったのはなんなんだろう。

ロベルトを助けた夜、確かに彼は狼の顔に変化していた。

自分が酔ってたのか、それとも異常な状況下で幻覚を見たのかと自問自答した。

けれど自分を押し倒した相手が、明らかにロベルトだという事実に変わりはなく、どうして狼の顔になったのかという明確な理由は分からないままだ。

あの夜以来、ロベルトの顔が変化することはない。

考え込んでいる間にＤＶＤの再生が終わり、ロベルトがリモコンを操作してデッキの電源を切る。

「フィル……寝ちゃったのか」

気づくと、フィルミーノが梨音に凭《もた》れて、すやすやと寝息を立て始めていた。時計は十二時を指しており、いつの間にか昼寝の時間になっていた。

梨音はフィルミーノを子供部屋として使っている寝室へ運び、寝かしつけてから元いた部屋に戻る。

すると先程まで別室にいたはずのロベルトが、テーブルに資料を広げてノートパソコンで仕事をしていた。

「何してるんだ」

「メールの確認だ」

「仕事部屋でやればいいのに」

文句を言いつつ、梨音は分厚いカーテンに手をかける。

「何をしている？」

「カーテンを開けようと思って」

「開けるな！」

これまでにない勢いで怒鳴られ、梨音は竦《すく》み上がる。

「怒鳴らなくても聞こえるよ。大体、なんで昼間も閉めっぱなしなんだよ」

「私はできるだけ、自分の顔を見ないようにしている」

「それで、この部屋のバスルームにも鏡がないのか？」

「取り外すように命じた」

徹底してるなと思うが、梨音にしてみれば不便極まりない。他に出入りを許された部屋にも鏡を含め、一切ものを反射できる調度品すら置いてなかった。

仕方がないので、梨音は先日は角倉に頼み、手鏡を買ってきてもらって髪を整えた。

その際もどうしてか、角倉からは『ロベルト様には見せないようにお願いいたします』と念を押されている。

あって当たり前のものがない生活が意外に不便だと気づいたのが、彼らに対する様々な疑問を抱える発端だ。

「あんたの顔は十分格好いいんだし、コンプレックスなんてないだろ」

悔しいが、狼の耳を生やしていてもロベルトの顔は整っていてつい見惚れてしまうほどだ。しかしロベルトは不愉快だと言わんばかりに、眉をひそめる。

「お前も私の顔が狼になったのを知ってるだろう？　家族以外には見えないが、普段は耳や尾も出ていて不愉快なんだ」

苦々しげに告白するロベルトに、梨音は首を傾げた。

「えっと、狼の耳のことだよな？　ここに連れてこられてから、ずっと見えてるけど？」

「……やはり、そうか」

複雑な表情で溜息をつくロベルトに、梨音は内心驚いた。堂々としていたので、見られているのを自覚していると思っていたのだ。

「尻尾も見えてる。金色の、ふわふしたやつだろ」

「待て、本当に見えているのか？　なんということだ……」

額を押さえて頭を横に振るロベルトの狼耳は伏せられ、尾はだらりと垂れている。どうしてか彼は、何か悩んでいるようだ。

それを見ていると、梨音の中でロベルトへの認識が変化していく。

これまではわけの分からない外国人だったが、目の前で考え込む姿に普通の人だという親近感が湧く。

どう切り出していいのか分からなかったが、梨音は今がチャンスだとばかり、何故狼の顔になったのか理由を尋ねてみた。

「あんたを助けた夜。どうして狼の顔になったんだ？」

直球で聞くと、ロベルトは深く溜息をつく。

「普段も見えている以上、誤魔化すこともないか――」

ロベルトが語り始めた内容は、まるでお伽噺《とぎばなし》だった。

遥か昔。先祖が何者かの恨みを買い、所謂『狼男』と称される異形になる呪いをかけられたのが始まりらしい。

理由は既に知る人もおらず、バルツォ家でも昔話として語られる程度の認識だった。しかしそれは親戚の間のみで、本家では希《まれ》に呪いを受け継いだ者が生まれていたという。

昔のことだから、殺されたりあるいは幽閉されたりしていたようだ。その後、彼らがどうなったのか知る者はいない。

そして話は、現代になる。

呪いなんて本家の者達ですら忘れていたが、どうしてか跡取りであるロベルトに、呪いが生じてしまったのだ。

初めは家族にだけ見えていた狼の耳と尾だが、ロベルトが十六歳を迎えた頃に状況が一変する。

ある満月の晩、ロベルトの頭部だけが狼となり、それを使用人達にも見られてしまった。

これまでは近しい血縁者しか見ることのなかった秘密が、満月の晩だけ誰にでも見られるということに驚き困惑したのは、ロベルトだけではなく両親も同じだった。

使用人達は幸いマフィアと知って仕えている者ばかりだから、箝口令《かんこうれい》を敷くことで他に漏れる心配はなくなった。どちらにしろ、こんな話を他人にしたところで、信じる者などいなかっただろう。

しかし繊細な母親は、変貌した息子の姿に耐えられず、一時期田舎の別荘に籠もってしまったのだ。

「――父も母も私を責めなかった。むしろこんな呪いを背負わせてしまったと後悔して、母は数年間心を病《や》んだ。今は回復して、父とも良好な関係が戻った。フィルが生まれて、いくらか気が楽になったのだろうな」

いっそ罵《ののし》ってくれたなら、ロベルトも『家族と決別』という選択肢を得て、自分なりの道を進めただろう。

しかし両親や他の親族、使用人達はロベルトの身を案じてくれている。

「あんた、見かけによらず優しいんだな」

「私が優しい？」

ロベルトに対して『得体の知れない男』という認識だったのが、家族思いの人に変化していた。

「嫌われたり恨まれたほうが家族も気が楽だって、思ってるってことだろ？　そりゃ、怖いからって理由で、ロベルトを排除してるほうが両親もなにも考えずにすむけどさ……」

それはよくないと、梨音は続ける。

「悪いのは、その呪いだけで誰も悪くない。てか、その呪い解けないのかな？」

お伽噺の世界なら、お姫様か王子様がキスをすると呪いは解ける展開だ。

「一応、本国の占い師に相談はしてみたが、あまりに古い呪いらしく、的確な指示は得られなかった。ただ、『運命の相手からの祝福』が必要と告げられて。その相手を探して各国を回っている」

「それで、日本に来たのか。でもフィルまで同行させるのは……」

いくら駄々をこねられたとはいえ、命を狙われているのなら泣こうが喚《わめ》こうが、置いてくるべきだと思う。

「お前も、フィルが『がんばれワンワン』のファンだと知ってるだろう。実は……家族の中で唯一、私が狼の顔になっても動じないどころか喜ぶほどなんだ」

「もしかして、アニメの影響」

「日本に来れば、本国では売っていないグッズが買えると、どこからか聞いてきたらしい。三歳だと思って甘く見すぎていた」

複雑な表情で頷くロベルトに、悪いと思いつつ噴き出してしまう。確かに『がんばれワンワン』は幼児向けアニメだ。

何度も兄の息子達と見たことがあり、ＤＶＤだけでなく大量のグッズ展開をしていることも知っている。

毎年クリスマスには、新商品の予約でメーカーのネット回線がパンクするほどだ。

単純な勧善懲悪のストーリーなのだが、監督の趣味で、主人公が敵を倒す時だけやけに劇画調に描かれるのだ。

それまでデフォルメされた動物達がわいわいと遊ぶ画面から一転、可愛らしい子犬の『ワンワン君』がリアルな狼の姿で敵を殴る。

それが何故か、子供にバカうけしている。

「それで、あんたとワンワン君が理想で、将来の夢が正義の味方なのか。まあ、あのアニメが好きなら、狼顔のあんたを見ても怖がらないよな」

リアルなアニメの絵を受け入れられるなら、ロベルトの狼化なんてフィルミーノにしてみたら、兄が正義の味方に変身できると脳内変換されてもおかしくない。

納得がいって、梨音は頷く。

「お前は怖くないのか？」

「あの時は暗かったし。その……俺も酔ってたからさ、夢を見たのかと思って。あんまり気にならなかった」

むしろ意識が快感のほうに集中していたから、気にならなかったというのが本当のところだ。

あの時の感覚を思い出してしまい、下腹部が疼く。忘れたくても体が覚えてしまっていると自覚したけど、認めたくなくて梨音は話を逸らす。

「けど、鏡もないと不便じゃないのか？　外ではどうしているんだ？」

単純な疑問だ。

自分の姿を見たくなくても、社長として働いているのならば身だしなみには当然気を遣う。

「家ではメイドがいたから、ある程度は任せていた。ここ数年は慣れて、鏡を見なくてもできるようになったから問題は感じていない」

確かに、何年もこんな生活を続けていれば嫌でも慣れてしまうだろう。ロベルトは少し言い淀んでからぽつりと付け加えた。

「外にいるほうが、家族に見られることはないからいくらか気は楽だ」

「フィルはともかく、角倉さん達には見えていないのに。それでも気にするのか？」

「……一人になって、ふと顔を見ると、考え込んでしまうからな。一時期は狼の耳をナイフで切り落としてみたが、結局翌朝には生えてきた」

異形のものであっても、体の一部を切り落とすなんて、相当追い詰められていたのだろう。これまでのロベルトとは違う弱気な物言いだが、それだけ彼の苦悩が深いということだ。

――まあ、自分の顔がいきなり狼になって、家族から怖がられたらショックだろうな。

これが罵られたりしているのならば、究極の選択として互いに『諦めて距離を置く』という結論でも納得できる。

しかしバルツォ家の人々は、理不尽な呪いにロベルトが苦しんでいることに理解を示してくれている。

おまけに母親は、実の息子に怯えてしまう自身を責めているとなれば、状況は更に複雑だ。

ともあれ、梨音にとって問題はロベルトだ。

わけの分からないことに巻き込んでおいて、こんな悲しい話を聞かされては、文句を言うのも何かいやだ。

「あんたが気の毒な目に遭っているのは分かった。あんたは被害者で、そんな相手を責め立てるのは気が引ける。けど俺だって散々なことをされたんだから、気兼ねなく文句を言いたい」

「梨音？」

怪訝そうに見つめてくるロベルトに構わず、梨音はカーテンに手をかける。

「問題は解決してる」

「待て、どういう意味だ」

慌てるロベルトの前でカーテンを開け、梨音はロベルトに詰め寄った。

「俺が側にいるんだから、一人じゃないだろう。これで堂々とあんたに文句が言える。それに鏡がないと、俺が不便なんだ」

数秒の間を置いて、いきなりロベルトが笑い出した。

「私にそんな態度を取った者は、お前が初めてだ」

「何かおかしなことを言ったか？」

むっとして口を尖らせるが、ロベルトは楽しげに笑い続けている。

梨音としては、怒鳴られるか追い出されるかどちらかだと踏んでの行動だったから、彼の反応は意外だった。

「いや……嬉しいんだ。そうだな、梨音がいてくれるのだから私は一人じゃない」

微笑むロベルトに、一瞬胸の奥が締めつけられたようになって梨音は形容しがたい気持ちになった。

この男は自分を犯し、現在進行形で監禁までしている。平穏な日常を壊した最低の人物なのに、憎む気持ちが薄れてきていると自覚する。

ふと視線を落とすと、彼の背後で毛足の長い尾がパタパタと左右に揺れている。親がアレルギー体質なので動物を飼った経験はないけれど、犬が嬉しい時に尾を振るという程度の知識は持ち合わせていた。

梨音自身はどちらかといえば動物好きなので、気にならないといえば嘘になる。

「どうした、梨音」

「その尻尾を、触らせてほしい」

いきなりの発言にさすがに驚いたのか、尾がぴたりと停止した。よく見れば、彼の髪と同じ金色の毛並みは窓から差し込む陽光を受けてきらきらと輝いている。

思わず手を伸ばすと、ロベルトが後退った。

「勝手に触るんじゃない」

「なら、頼めば触らせてくれるんだな。撫でさせてくれ」

「……お前の考えは、まったく読めないが面白い。まあいい、好きにしろ」

許可が出たので梨音はそっと彼の尻尾に触れる。想像以上にふわふわとして、触り心地は最高だ。

「耳もいいか？」

人間、一つ許されると欲が出る。梨音の言葉を予想していたのか、ロベルトが苦笑しつつ身をかがめた。

人間の耳の少し上に、狼の耳が生えている。奇妙な光景だが、艶やかな毛並みは彼の髪とうまく融合していて不思議と違和感は覚えない。

撫でているうちに、ふと梨音は何故彼の家族にしか見えない耳や尾が見えてしまうのか疑問を感じた。

「さっきの話からすると、俺には見えないはずなのに、どうして見えて触ることもできるんだ？」

こんな目立つ耳と尾があれば、外出の際に写真を撮られて拡散されるのは確実だ。そうなっていないのは、ロベルトの言うとおり家族以外の人間には認識されないからだろう。

だとすれば、どうして赤の他人である自分に見えるのかが分からない。

「セックスをしたからだろうな」

「……え？」

あけすけな物言いに理解が追いつかず呆然としていた梨音だが、意味に気がついた途端、耳まで真っ赤になった。

「そ、それだけで家族なんて」

「確かに可能性は低い。お前以外に、私と寝たあと『見えた』と騒いだ相手はいないからな」

その口ぶりで、ロベルトに何人も恋人がいたと察する。

「じゃあ、なんで……」

疑問にロベルトが答えることはなく、無言で梨音を抱き上げる。

咄嗟に逃げようとするが、ロベルトの力は強くて横抱きにされた梨音は軽々と寝室へ運ばれる。

「なにするんだよ！」

「セックスだ。お前に耳を触られて煽られた。責任を取れ」

「はあ？　ちょっと撫でただけなのに」

「この狼の耳と尾は、性感帯らしい。お前に触られて気がついた」

本気か口実か分からないが、ベッドに押し倒してきたロベルトの目は完全に欲情した雄のものになっていた。

頭を掠めたのはまた犯されるという恐怖と、それを上回る快楽の記憶。

ロベルトの性器を受け入れ、突き上げられる度に梨音は上り詰めた。あんな快感は、自慰ではとても得られない。

「やだっ」

それでもなけなしの理性で拒《こば》むが、ロベルトに口づけられると自然に唇が開いてしまう。

――顔は人のままなんだ……。

繰り返される口づけに、頭の中がぼんやりとしてくる。とりとめのないことを考えているうちに、梨音の体はすっかり火照っていた。

「っ……はぁ」

シャツの上から、ロベルトの手が這う。焦らすように下腹部を撫で、穿いていたジーンズに手をかける。

抵抗しようとして身動ぐが、その動きすら逆手に取られて梨音はあっさりと脱がされてしまう。

――逃げないと。

またあの夜のように犯される。

そう気づいてもがくが、心とは反対に腰が甘く疼き始めた。

「んっ」

心とは反対に、腰が揺らめいてしまう。まるで抱かれることを期待しているような動きを、当然ロベルトが見逃すはずもなかった。

「体は発情したようだな」

軽く唇を合わせるだけの口づけで、息が上がる。下着を取り去られると、硬くなり始めていた性器が露わになり恥ずかしさに赤面してしまう。

「恥じらう姿も愛らしいが、今は快楽に慣れることが優先だ。悦《よ》ければ素直に鳴いて、気にせずイけばいい」

つうっと指で幹をなぞられ、梨音は思わず膝を曲げて脚を閉じた。当然、ロベルトの腕を挟む恰好になってしまい慌てるけど、開くのも恥ずかしい。

「いや、だ」

鈴口を爪で軽く擦られ、小さく悲鳴を上げてしまう。他人の手で施される愛撫は、自慰よりも数段上の快感を梨音に与える。

「っあ、や……っ。なん、で」

身悶えながらも、快感を必死に堪えようとするが一度熱くなり始めた体は止まらない。

そんな梨音の葛藤を楽しげに眺めながら、ロベルトは中心を嬲り続ける。

先端から零れる薄い蜜を指先で掬い取り、奥の入り口に手を伸ばす。そして焦らすように、丁寧に後孔へと恥ずかしい蜜を塗り込める。

この間の夜とは違って、丁寧な愛撫が施されていると分かり、余計にこれからされることを想像して腰が甘く疼き出す。

「ひっ」

入り口近くのところにある前立腺を押されて、梨音は声を上げて背を反らした。

「触れただけで、声が甘くなっているぞ」

焦れったく感じるほど優しく解され、梨音はついに膝の力を抜いてしまう。すると指が更に奥へ入り込んできて、内部を搔き混ぜる。

「ひゃ、ぅ」

指の刺激だけで、梨音は軽く上り詰める。甘イキを繰り返すが、指の刺激だけでは深い絶頂は得られなくて次第に頭の中がぼうっとしてくる。

ロベルトは痙攣を繰り返す梨音の内部に気づいていながら、決定的な刺激は与えない。感じる場所をあやすように刺激し、わざと梨音の性感を高めていく。

射精には至らない快感の波に翻弄《ほんろう》され、梨音の呼吸には次第に啜《すす》り泣くような音が混ざり始める。

「も……いかせてっ」

我慢できずにねだると、ロベルトが指を抜いて囁く。

「もっと膝を曲げて、脚を広げろ」

「ん……あ」

屈辱的な体位を命じられるが、抗う気力はなくなっていた。この体の奥にある焦れったい熱をどうにかしてほしい気持ちが、梨音の理性を掻き消す。

スラックスの前だけ寛《くつろ》げて覆い被さってきたロベルトの肩に手を回し、その頭をかき抱く。指に狼の耳が触れ、梨音はその感触を楽しむように優しく撫でる。

「そんなに、この耳が好きなのか？」

「だって……柔らかくて、きもちいい……」

人の髪とは違う獣の毛だが、さらさらとして指に馴染む。薄闇の中でもぼんやりと金色に光る彼の毛は見ていて飽きない。

そっと手を伸ばして彼の腰骨のあたりを弄《いじ》ると、質量のある尾に触れる。どちらもふわふわとして温かく、いつまでも触れていたい衝動に駆られる。

特に口づけながら撫でていると、下腹がきゅんと疼き始める。

ロベルトも同じなのか、次第に口づけは深いものへと変わり、口の端から唾液が零れ始めた。

互いの中心からも、先走りが滲んで下腹を濡らす。

うっとりとしていると、不意に熱い切っ先が梨音の内部を突き上げた。

「あっ」

完全な不意打ちで、痛みよりも甘ったるい嬌声を上げてしまう。

恥ずかしいと考える間もなく、梨音は雄が内部を擦りながら入り込んでくる感触に喉を反らして鳴き続ける。

「あ、ぁっ……だめっ。待って……んっ」

柔らかく熟れた肉襞は、悦びに震えながらロベルトの性器を飲み込んでいく。

改めて感じるそれは大きくて、カリも太い。根元まで挿れられると、臍のあたりまで征服されているような感触を覚える。

それなのに、痛みはほとんど感じない。

口づけを交わす度に、二人の間に甘い香りが広がり、それが梨音の意識を曖昧にしていく。

「ん、はぁ……もっと……」

「まだ二度目だというのに。私たちはやはり相性がいいようだ」

腰を持ち上げられ、根元までぎっちりと嵌められてしまう。硬く張り詰めた雄に犯されて、梨音の体は不思議と満ち足りていた。

所謂、多幸感と呼ばれる状態に陥り、梨音はロベルトに腕だけでなく両足も絡みつかせて拙《つたな》く腰を使う。

「あ、いい……どうして……やんっ」

時折意識が正気に戻り、自分のしていることを恥ずかしく思うけど、すぐ快感に飲み込まれてしまう。

「名前を呼べ。そうすれば、もっと悦くしてやろう」

これ以上の快楽を与えられたらどうなってしまうのかという恐怖と、もっと感じたいという欲が混ざり合う。

しかし敏感になっている奥を数回小突かれてから、ロベルトが動きを止めると、梨音の理性は完全に壊れた。

「っあ……嫌……」

あと少しで深い絶頂を迎えられたのに、いくら締めつけてもロベルトは腰を引いて感じる場所から自身をずらしてしまう。

「ひどい、いかせてっ」

「お前が私の名を呼べば、深く愛してやろう。お前の好きな奥を抉《えぐ》りながら、射精してほしいんだろう？　それとも、もう少し焦らされたいか？」

卑猥な選択に、梨音は涙目になる。もう散々焦らされて、体は限界なのだ。

「ロベルト……っ。奥……出してほしい」

縋りついて、必死に後孔で雄を食い締める。内部でロベルトのそれが、更に反り返ったのが分かり、梨音は耳まで赤くなった。

「しっかり私の形と味を覚えるんだぞ、梨音」

まるで言い聞かせるように告げるロベルトに、梨音はこくこくと頷く。犯されて感じる恥辱より、今は征服される快感が欲しい。

「覚えるから……お願い……っ、ひぁ」

腰を摑まれ、激しく突き上げられる。張り出したカリに内部を抉られると、頭の芯が痺れて梨音はあられもなく鳴き乱れる。

「あっああ……もう……」

ぐちゅりと濡れた音がして、最深部を先端が蹂躙《じゅうりん》する。その状態で、ロベルトが勢いよく精を放った。

――熱いの……出されてる。

酷いことをされているのに、既に体だけでなく梨音の心も屈服しかけていると自覚する。それだけ、この行為は心地よすぎるのだ。

中に出される間も、梨音は萎えた自身からとろとろと蜜を零して、男で得られる快感とはまた違う快楽に身を委ねていた。

「……す、き。きもち……いい」

「これでお前は、完全に私のものだ。これからは恥じたり、後ろめたさも感じなくていい。ベッドの中では私の雌になれ」

無意識に口を衝いて出た淫らな言葉に、ロベルトが追い打ちをかける。否定したくても、口から零れるのは意味を成さない溶けた吐息だけだ。

「う……あ、あん……」

内部では、まだ硬い雄が脈打っている。ロベルトは続けて自分を犯す気でいるのだと分かり、淫らな期待に梨音は震えてしまう。

——嫌、なのに……。

達した痙攣の治まらない内部で、雄がゆるやかな抽挿を始める。梨音はただしがみつくことしかできず、意識を失うまでロベルトの愛撫で鳴き続けた。


その日を境に、梨音はロベルトとベッドを共にするようになってしまった。別に梨音が誘っているのではなく、ロベルトのほうから寝室にやってきて寝込みを襲われるのだ。

勿論、梨音も抵抗をするのだけれど、口づけられるとあの甘い香りが漂い、体から力が抜けてしまう。

理性で抗えるものではなく、体が勝手に反応してしまうのだ。

それにロベルトも『仕事のしすぎは、体によくない』と言った梨音の言葉を盾にして、一緒に寝るよう強制してくる。

乱暴はしないものの、甘い愛撫と快楽は確実に梨音の心と体を蝕《むしば》んでいく。

——この人にとって、セックスは遊びか何かの延長だ。

そう考えながら、今夜も梨音はロベルトの下で甘く鳴かされていた。緩急をつけた抽挿に翻弄され、シーツの上でのたうつ梨音をロベルトは構わず追い詰めていく。

「も、イッてるから……や、あっ」

「そうは言うが、梨音の体はまた満足していないようだぞ」

ぐいと奥を突き上げられ、梨音は何度目が分からなくなった絶頂を迎える。既に自身は萎えていて、中の刺激だけで達し続けている。

――絶倫、馬鹿っ。

一方のロベルトは、何度も梨音の中に射精しているにもかかわらず、硬さを保っていて萎える気配もない。

終わらない快楽に、頭の奥が蕩けていく。

「梨音」

低い声で名前を呼ばれると、全身がかあっと熱くなる。自分を犯す男に無意識に縋りつくと、体を支えるように抱きしめてくれる。

まるで恋人同士のようなセックスに、時折心が流されそうになる。

――このままじゃ駄目だ……。

口づけられ舌を絡ませると、互いの体から甘い香りが漂い感度が増す。

――気持ちいいから、流されてるだけで……別に、ロベルトのことなんて好きじゃないのに。

「ひっ」

「可愛らしい声だ。もっと聞かせてくれ」

「っ……調子に、のる、なっあ」

「辛くはないだろう？　お前の体が望むだけ、悦くしてやるから身を任せていればいい」

首筋を吸われ、ぴりっとした軽い痛みが走る。

「いや、っ……だ」

所有の印をつけられたと、感覚で察した。

薄い皮膚に歯を立てられ、そのまま体を揺さぶられる。獣の交尾を強いられているようで、梨音は羞恥と怒りで唇を噛む。

けれど体は梨音の心とは反対に、雄に甘えるように内壁を絡みつかせ快感を貪っていた。

「お前は、私のものだ。梨音」

「や、んっ」

独占欲を隠しもしない言葉と欲情した声に、どうしてか心が揺れる。

恐らくロベルトは、ベッドを共にした相手にはこうして甘い言葉を囁くのだろう。格好いい人だから、恋人くらいいて当然だし手慣れているのも分かる。

けどそれを考えると、急に悲しい気持ちがこみ上げてきて、梨音の目尻から涙が零れた。

「ああ、泣かせるほど追い詰めてしまったか」

許容範囲を超えた快楽のせいで梨音が泣いたと勘違いをしたロベルトが、腰をより深くに進めて奥を抉る。

「口を開け」

「ぁ、は」

何も考えられず、梨音はロベルトに従った。

再び唇が重なり、舌を吸われる。

上下の粘膜を深く交わらせたまま、ロベルトが梨音の奥に熱い精を放つ。上げたはずの悲鳴はすべてロベルトの口内に消え、後孔が不規則に痙攣する。

梨音の体は、完全に奥でイくことを覚えてしまっていた。

長い絶頂に身も心も甘く蕩けて、梨音はロベルトの背に爪を立てる。

「ぁ、あ……ロベルト……」

「まだこうしているから、好きなだけイッていいぞ」

張り出した部分を奥の感じる場所へ押し当て、ロベルトが微笑む。感じすぎて情けなく溶けた顔を隠すこともできず、梨音は唇を震わせた。

「お前の心地よさそうな顔を見ていると、愛しさが増す」

からかわれているのか、それとも本気なのか判断がつかない。けれど甘すぎる声と行為は、ある意味弄《もてあそ》ばれるよりも強い羞恥を梨音に与えた。

とことん甘くて紳士的なセックスに、梨音は己が完全に溺れていると思い知る。

「――動けないだろう。落ち着いたら、一緒にシャワーを浴びよう」

「勝手に、すればいいだろ」

強がってみても、声は掠れ甘い吐息が混じっているのを自覚する。行為が終わると、ロベルトが自ら梨音の体を洗いバスローブを着せてベッドに運んでくれる。

未だに慣れはしないけど、抵抗することもなくなっていた。

いや、抵抗を試みてもロベルトに口づけられると途端に力が抜けてしまうので意味がない。

――何の匂いだろう？

体を重ねる度に強くなる甘い香りを不審に思うけど、ロベルトは平然としているので聞くに聞けない。

甘ったるいが、決して気分が悪くなるような香りではない。

気を抜くと、見つめ合うだけで香りが鼻先を掠めることさえある。

「もう、疲れたから……」

早く体を洗って眠りたいと、ロベルトに訴える。

答えの代わりに、ロベルトが埋めていた自身を抜き、梨音の体を抱き上げた。

数日後、意外な人物がホテルを訪れた。というか、半ば角倉の部下に連行されたと言ったほうが正しいだろう。

黒服姿の護衛たちに両脇を抱えられ、角倉と共にロベルトの仕事部屋に入ってきたのは友人の西町英人だった。

「英人、なにやってんだよ」

不審そうなロベルトと角倉の視線にもめげず、へらへらと笑っている英人に駆け寄る。

本来なら追い返しているところだが、ロベルトを狙った相手の動向が摑めていない今、少しでも情報を得ようと考えた部下が連れてきてしまったと角倉から説明されて梨音は頭を抱える。

「それはこっちの台詞《せりふ》だ！　飲み会の日から行方不明になって、全然連絡つかなかったから散々捜したんだぞ」

「そうだ、スマホ……すっかり忘れてた」

帰りがけに連絡を入れようとしたところで、道ばたに座り込んでいたロベルトを見つけたのだ。その後はずっとホテルに監禁状態で、状況把握も正直できているとは言いがたい。

ロベルト達の言い分を鵜呑みにするほかなく、すっかり彼らのペースに巻き込まれていた梨音は、英人への連絡を忘れていた。

「飲み会の夜にメールしたけど、連絡ないしさ。大学にも来ないから、心配してアパートに行ったんだよ！　近所で事件があったって、ネットで噂になってるし。巻き込まれたんじゃないかって心配したんだぞ」

「それじゃ、警察が動いてるのか？」

問い返すと、英人が言い淀む。

「いや、動いてない……っていうか、妙なんだよ。証拠はないのに、いろんな噂が飛び交ってる状態でさ。騒ぎの好きな知り合いがマスコミに問い合わせたけど、なんか関わりたくないって感じらしいし。だから話は、あの周辺に住んでる大学生のコミュニティー中心で回ってる」

ちらと角倉を見ても、彼は想定内らしく顔色一つ変えない。

――マスコミに圧力がかかってるって、本当なんだ。

「ったく、せめて返信くらいしてくれよ」

鞄に入れっぱなしだった、スマートフォンの充電をすっかり梨音は忘れていた。慌てて鞄を探ると、反応しないスマートフォンが出てくる。

「それにしてもどうしてここにいるって、分かったんだ？」

「しばらくアパートの近くで見張ってたら、この連中が梨音のアパートの周りをうろうろしてたからさ。なんか怪しいなと思って、あとをつけたわけ」

いかにも無鉄砲な英人らしい言い分だ。

なんでも首を突っ込み、当事者の仲間入りをしてしまう性格は、友人を作るのには非常に役立っている。

だが同時に、危険だって伴うのだ。

物事を深く考えていない英人に、深い溜息をつく。

「申し訳ありません。本当に笹原様の、ご友人だったんですね」

「当たり前だろ！　散々そう言ったじゃねーか」

摑まれていた手を振り払い、英人が肩を竦める。

「心配してくれるのはありがたいけど。もう少し考えて行動しろよ」

「親友が行方不明になって、知らないふりしてられるか」

「偉そうなこと言ってるけどさ。英人の場合、楽しそうだから首突っ込んできたんだろ」

「あ、バレたか」

まったく反省していない英人に、梨音はどうしたものかと思案する。

「部外者の立ち入りには気をつけるように、従業員には伝えてありましたから、どうしてこの階まで辿り着けたのか不思議だったんですよ」

「ああ、オレ、こういうの慣れてるんで。それにここ、親父の友達が経営してるから出入りは問題ないし」

悪びれない英人に、角倉も呆れ果てているようだ。

――そうだ、ロベルトの耳！

今更だが、ロベルトはスーツ姿で特に頭を隠すような帽子も被っていない。梨音は慌てるけれど、ロベルト本人は特に気にしていない様子だ。

「耳、みみっ。隠せ」

「彼には見えていないから気にするな。家族以外には見えないと、前に説明しただろう」

そっと近づいて袖を引っ張るけれど、彼は平然としている。

不都合があれば、まず秘書である角倉が何かしらの対応をしているはずだ。

「角倉も、なにも言わないだろう？」

「あ、そっか」

――本当に、見えてないんだ。

とはいえ、警戒するように英人のほうへ向けられている狼耳は梨音の目にはしっかりと見えているので奇妙な感じだ。

しかし角倉は英人の処遇をどうするか考えるので手いっぱいといった様子である。

「とりあえず梨音、無事……か？」

「まあ、それなりに」

出会ったばかりのロベルトと毎晩のようにセックスをして、監禁されている今が無事と言えるのかは疑問だが、とりあえず親友を心配させないように頷いてみせる。

「心配かけてごめん。角倉さんも、余計な仕事増やしちゃってすみません」

「いえ、こちらも部下が勝手な真似をして、申し訳ない」

ややこしいことになってしまったと認識しているのは、自分と角倉だけだ。英人は興味津々といった様子だし、ロベルトは無表情で何を考えているのか分からない。

「面白そうだけどさ。とりあえず帰ろうぜ、ゼミの連中も心配してるし……」

「それが、事情があって、アパートには戻れないんだ。あと、ホテルに仮住まいしてることも秘密にしてほしい」

「はあ？　なに馬鹿なこと言ってんだよ。梨音が単位足りてるのは知ってるけどさ、欠席が続けば教授からの印象が悪くなるぞ」

英人の言うことはもっともだ。

けれど「はいそうですか」と、頷くわけにもいかない。どうしようかと考えていると、横から角倉が助け船を出してくれる。

「色々と事情がありまして。笹原様には、しばらくこちらに滞在するよう、お願いしているのです」

「まさかとは思うけど……やっぱり、さっき話した噂になってる事件に巻き込まれてるのか？」

内心動揺したが、梨音はどうにか平静を保つ。

「なにそれ？　俺、スマートフォン起動させてなかったから、なんのことかさっぱり」

「……本当に知らないんだな」

「今、英人から聞くまで知らなかった」

自分でもわざとらしいかと思ったけれど、はぐらかすほかに方法はない。今は、これ以上英人を巻き込まないような方向へ話を進めるのが先決だ。

「ともかく、詳しく話せないんだけど、しばらくはここに住むってロベルトさん達と約束しちゃったんだよ。全部終わったら説明するし、大学にも来週には行けるように調整するから。みんなには適当に誤魔化しておいてくれないかな？」

「おかしいだろ、それ。そりゃ大学のほうに説明したとしても、お前の親が捜しに来たらどうするんだ」

「えっと、だから……その、実はロベルトさんの家ってすごい金持ちなんだって。飲み会の夜に、帰り道で偶然迷ってたロベルトさんを助けたら、なんかすごく感謝されてさ。納得できるお礼ができるまで、ここにいてほしいって頼まれたんだよ」

かなり苦しい言い訳だけれど、納得してもらうしかない。内心祈りながら英人を説得すると、しばらくの沈黙のあと、やけに明るい笑顔で頷いてくれる。

「金持ちの特別な事情ってヤツか」

「まあ、そんなとこ」

ほっと胸を撫で下ろすと、タイミングを見計らったように勢いよくドアが開いた。

「りね！　ワンワンくん、みようよ！　……なんだ、おまえ！」

入ってきたのは、昼寝をしていたはずのフィルミーノで、英人の姿を確認すると子猫が威嚇するように声を張り上げた。

「お前こそなんだ、このガキ。初対面の人間には挨拶しろって教わらなかったのか？」

「おまえだって、あいさつしないじゃん！」

「うるさい！」

「わかったぞ！　おまえ、ブヒーだんのてさきだな。にゃんこひめにさわるな」

「ぶひ？　にゃんこってなんだ？　分かるように説明しろよ。オレは子供だからって、手加減しないぞ」

一瞬で敵認定されてしまった英人が、梨音に視線を向ける。とはいえ、三歳児と同じレベルで喧嘩をし始めた英人に呆れてしまう。

「『がんばれワンワン』くらい知ってるだろ。フィルはそれの大ファンなんだよ。それでどういうわけか、俺はにゃんこ姫役ってことにされてる」

なんとなく、室内の空気がそれまでの緊迫したものから、ほのぼのとしたものへと変わる。

「つまり、この生意気な子供に気に入られて出られないってわけか。桁外れの金持ちは面倒だからな」

先程の説明より、フィルミーノの言動のほうが、英人からすれば理解しやすかったらしい。誤解しつつも納得してくれたので、梨音はあえて訂正しないことにした。

「ともかく、単位とゼミ関係は死守しろよ」

「分かってる」

「そういや、手大丈夫か？」

　言われて、梨音は自分の左手を見る。ボランティアの最終日、片づけの最中にカッターで指を切ってしまったのだ。

　今は新しい包帯が巻かれているけれど、痛みはない。

「西町様。何かありましたら連絡しますので、今日のところはお引き取りください」

　部外者である英人に長くいてほしくないのか、角倉が退室を促す。幸い英人は、特に文句も言わず頷いて踵《きびす》を返す。

　だが英人はドアの前で立ち止まり、突然振り向く。

　その目は、何か楽しいことを思いついた時特有の彼らしい輝きに満ちていて、梨音の胸に嫌な予感が過る。

「フィル、だっけ？　さっきは悪かった」

「フィルミーノ・バルツォ、だ！」

　睨《にら》むフィルミーノに、英人は先程とは打って変わった親しげな笑顔を返す。

「オレがにゃんこ姫の仲間だって証拠を、これから見せてやろう」

「英人、なに言い出すんだ」

まるでやんちゃな兄のように、にやっと笑って右目を瞑る。

「知り合いに、テレビ局の関係者がいるんだ。最新グッズや、海外で取り扱わないぬいぐるみを売ってる店にもオレの知り合いがいる。欲しいだろ」

「ほしい！」

すっかりその気になってしまったフィルミーノは、英人の側に駆け寄ってその手を握る。

「英人……ものでで懐柔するつもりかよ」

「そっちの角倉さんて人が一緒に来てくれれば、問題ないだろ」

「しかし……」

「行ってこい。フィルも退屈しているだろうからな」

珍しく、ロベルトが許可を出したので、フィルミーノは飛び上がらんばかりに喜んでいる。

「いいのか？」

狙われているのはフィルミーノも同じはずだ。無責任な言動に、梨音のほうが眉をひそめる。

「護衛はつける。それにこちらとしても、お前の友人とやらの行動範囲を知れるからな。好都合だ――角倉、フィルを頼む」

考えなしに許可を出したわけではないと知り、複雑ながらも梨音は納得するしかない。どちらにしろ、英人に疑いの目が向けられていることに変わりはないのだ。

この状況で、角倉が『いけません』などと言えるはずもなく、ごく自然に付き添いが決まる。

「よっしゃ、チビ。怖い兄さんの許可も出たし、行くぞ」

「チビじゃない！　フィル！」

口喧嘩をしつつも、フィルミーノは英人の手を放そうとしない。意気揚々と出ていく二人のあとを、おろおろしつつ角倉が追いかける。

ぱたんとドアが閉まると、室内に沈黙が訪れた。


二人が出ていったあと、明らかにロベルトの様子がおかしくなった。苛立《いらだ》ちを隠しもせず、喉からは無意識なのか唸り声が響く。

「あの男は、なんなんだ」

「だから、大学の友達で西町英人。ああ見えて、常識人だから大丈夫だよ。それにフィルと一緒に出かけるの許したのは、あんただろう」

てっきり出かけたことで不機嫌になっているのかと思いきや、ロベルトの怒りは違うことに向けられていた。

「やけに親しげだったじゃないか」

「英人は前から、ああいう性格なんだ。フィルと喧嘩してたのは、あいつの精神年齢がちょっと低いだけで、子供相手に本気になってたわけじゃないから！」

「それはどうでもいい」

何故文句を言われるのか分からず言い返すと、ロベルトが近づいてきて梨音の肩を掴む。

「なにもないんだな？」

「……まさか、俺が英人とできてるとか思ってないよな」

親しくしているが、それはあくまで友人としての関係でしかない。くだらない憶測をされて、梨音はロベルトを睨む。

「英人は俺の友人で、大学に入ってから色々世話になってる。大体、助けたのに人のこと犯しておいて、ろくに謝りもしないあんたにとやかく言われたくない！」

「何故謝る必要がある。相性がよかったから、あれだけよがったんだろう？」

「なっ……」

怒りと羞恥で、顔が熱くなる。

一番指摘されたくないことを言われて、梨音は言葉に詰まった。

「あの男がもし恋人だったとしても、私は奪うつもりでいるが……梨音」

「あんた、最低だ」

梨音はロベルトの胸ぐらを掴み、睨みつける。ロベルトのほうが背が高いので爪先立ちになってしまうが、気にはしない。

「もう少し、人の気持ちとか考えろ。呪いのせいで、心までなくなったのかよ」

言ってから、梨音はしまったと思う。

理不尽な呪いに苦しめられているロベルトに、勢いとはいえぶつけていい言葉ではない。

「ごめん……」

しかしロベルトは言い返すこともなく、急に額を押さえてその場へ崩れるようにして座り込む。苦しげな呼吸音が室内に響き、ただ事ではないと梨音も気づいた。

「病気？　何かの発作？　今、部下の人呼んでくるから」

「呼ばなくていい。お前は早く部屋を出ろ」

言葉の間に、唸るような音が混ざる。

しかし苦しんでいるロベルトを放っておけず、梨音はロベルトの体を支えると力を振り絞って近くのソファに座らせた。

「ロベルト、顔が」

改めて見れば、ロベルトの首から上は完全に狼になっていた。

完全な狼になるのは、確か月光を浴びた時だけのはずだ。しかし今は昼で、窓からは陽光が差し込んでいる。

あの夜以来、抱かれる時は人の顔だった。

「早く逃げろ」

「苦しそうなあんたを、放っておけないだろう」

何とかしたくてロベルトの背を擦《さす》るけれど、呼吸は荒くなっていく。そして抱かれている時と同じ、甘い香りがどこからか漂い始めた。

「疑って、すまなかった。これは私の嫉妬心が引き起こしたようなものだ。側にいれば、またお前を犯してしまう」

「どうしてこんな時に、謝ったりするんだよ」

狡《ずる》いと思う。

苦しそうにしているのは、必死に理性を保とうとしているからだと分かる。

「呪いの力が強まると、自分でも制御が利かない。この姿でお前を抱けば、また梨音の心を深く傷つけることになる」

「あのさ、今更だって。ここに来てから、何度も抱かれてるだろ」

完全に狼になったロベルトの頭を抱きしめ、耳の付け根に口づける。するとロベルトの呼吸が、僅かだが落ち着きを取り戻す。

「私が恐ろしくないのか？」

「あの夜のロベルトは怖かったよ。けど、どうしてか見捨てられなかったんだ」

血を流して蹲る、素性の知れない外国人。助けようとしたのに怒鳴られて、でも放っておけなくてアパートまで運んだ。

理由なんて、説明しろと言われても梨音自身よく分からない。ただ、明らかに苦しんでいるロベルトを放置するなんてできなかった。

「俺も馬鹿だよな」

困ったように笑う梨音に、狼の目が伏せられる。人とは表情筋が違うので感情は読み取れないが、ロベルトが酷く落ち込んでいるとなんとなく分かる。

「あのさ……したいんだろ？」

自分から誘うなんて、どうかしている。そう思うけど、梨音はロベルトを抱きしめたまま放さない。

毎晩のように抱かれて、快楽に依存しかけている自覚はある。でも、この非日常的な現実から目を逸らしたくて、快楽欲しさに彼を求めているのでもない。

心の端に生まれた感情に気がつかないふりをして、梨音は顔を寄せると口元から覗く彼の牙を舌先で嘗めた。

「噛んだりしないって、約束するなら、構わない」

この状態で理性をなくされて噛みつかれでもしたら、骨折どころではすまないだろう。

「すまない、梨音」

ロベルトが梨音の左手を取り、包帯を外す。

ほぼ塞がっているが、無理に動かせば傷口から血は滲む。ロベルトは皮膚にうっすらと浮いた梨音の血をそっと嘗め取った。

このまま食べられてしまうのではと、本能的な恐怖がこみ上げるけど。ロベルトが傷口から口を離すとそこは綺麗に塞がっていた。

これまでもセックスの最中に、傷を嘗められたことはあった。しかし今のように、塞がったことはない。

「治った？　……あっ」

ソファに押し倒され、ロベルトが梨音のシャツを引き裂くようにしてはぎ取った。やはり力は、人間の時よりも数倍強くなっている。

ぞくりと、背筋が粟立つ。それは恐怖心からではなく、初めての夜に与えてもらった快感を思い出したせいだ。

人の姿の時もロベルトは散々梨音を甘く泣かせたが、やはり狼に変化した夜とは違っていた。

「……痛いのは、嫌だからな」

「ああ」

唸り声と人の言葉が混じり合う。ソファの上で俯《うつぶ》せにされた梨音の下肢から、ジーンズと下着も取り去られた。

器用なことに、ロベルトは梨音の肌に牙を立てながらもまったく傷をつけない。それどころか分厚くざらついた舌で、脇腹や背筋の感度を確かめるように嘗め上げる。

梨音の体はその荒々しい愛撫にも感じて、淡く色づき始めた。

——また、あの香り……強くなってる。

どこからともなく甘い香りが漂うのはいつもと同じだが、今日は一際強い。頭の中がくらくらとして、自然に自身が勃起する。

ロベルトの腕に腰を摑まれた梨音が軽く脚を広げると、既に準備の整っていた切っ先が後孔へと入り込んできた。

「ひ、あっ」

上げた悲鳴は悦びに満ちていて、梨音は目の前に置いてあったクッションに抱きつくと爪を立てる。

「……おく……もっと……」

いやらしい望みが、勝手に口を衝いて出る。

ロベルトは揶揄《やゆ》することもなく、梨音の希望どおりに柔らかい肉をかき分けて最奥まで自身を進めてくれた。

「んっ」

内部を突き上げている最中も、雄は太さを増していく。入り口付近まで引き抜かれたかと思えば、一気に奥まで貫かれ梨音はその度に悲鳴を上げた。

ロベルトが梨音の腰を摑んで固定し、根元までぴたりと雄を押し当てる。

「あ……だ、め」

口では拒みながらも、体はこれからされることを望んでいた。反り返った剛直を食い締め、下半身の力を抜く。

相手にすべてを委ねる姿勢を取った梨音の中で、張り詰めた性器が射精を始めた。

「あ、ぁ」

荒い呼吸が首元にかかり、ぞくりと背筋が粟立つ。

途中で梨音が蜜を出せなくなっても、淫らな行為はロベルトの主導で続けられる。

部屋に充満する甘い香りのせいで意識は研ぎ澄まされ、失神することもなく梨音は快楽を貪り続けた。

自ら腰を掲げるようにして押しつけ、梨音はロベルトをねだる。

——だめ……なのに……すきっ。

意識が混濁するのに、快感だけは鮮明に刻み込まれていく。

二人の交わりは、日が落ちるまで続けられた。

なんとか角倉の許可も下りて、梨音はホテルから大学に通えることになった。

初めは車で送り迎えすると言われたが、さすがに目立つので断った。護衛も離れた場所から、ということで納得してもらっている。

ネット上では相変わらず『銃撃戦』の噂話が消えないが、幸いなことに梨音の住むアパートの近くだという情報はいつの間にか、なかったことにされていた。

ただ、気になるのは英人のほうだ。

英人自身は梨音の置かれた状況を誰にも言わずにいてくれているけれど、角倉からすると彼もまた『危険な状況』にあるらしい。

『居場所を知られてしまった以上、無関係ではいられませんから』という理由で、英人には気づかれないよう護衛がついている。

ロベルトを狙った相手の組織が判明していない以上、警戒は怠《おこた》れないのだと説明された。

本来なら、大学へ通うことも当分は諦めてほしかったようだが、梨音が頑として引かなかったので渋々認めてもらっている。

何にしろ、面倒事は何一つ片づいていないというのが現在の状況だ。

しかし一番梨音を悩ませているのは、ロベルトとの関係だった。使える部屋はいくつもあるのに、ロベルトは仕事を終えるとわざわざ梨音の寝ている部屋にやってきて、ベッドに入ってくる。

そしてほぼなし崩しにセックスへとなだれ込む、非常に乱れた生活が続いていた。

当然、梨音の体はロベルトの愛撫にすっかり慣らされており、今では彼を受け入れることにも馴染んでしまっている。

——どうしてこんなことになったんだ。

大学から戻った梨音は返却されたレポートを確認しつつ、ふと我に返って頭を抱える。今日は会議があるとかでロベルトは外出しており、広いスイートルームには梨音一人だけだ。

昨夜も当然のように求められ、バスルームと寝室。

そしてこのソファの上でも抱かれた。

というか、人目がなければロベルトは場所など構わず梨音に触れてくるので、ほぼすべての部屋で抱かれたと言ったほうが正しい。

それはつまり、どこにいてもロベルトとの行為を思い出してしまうという、とんでもない羞恥に苛《さいな》まれるということに繋がる。

少し前までは本気で嫌悪していたはずなのに、今ではロベルトに触れられると深い快楽を期待して腰が自然と疼くまでになっていた。

単純に快感が好きなのか、それともロベルトに好意を持ち始めているのか自分でもよく分からない。しかしどちらにしろ、不本意なことであるのに違いはなかった。

「りね、おべんきょうおわった？」

絵本を抱えて、フィルミーノが部屋に入ってくる。

日本のアニメを見ていたのでそれなりに日本語は堪能だったフィルミーノだが、梨音が来てからはもっとスムーズに会話がしたいらしく、角倉に頼んで日本語の絵本を買ってもらっている。仕事で出かけていることの多い角倉とロベルトの代わりに、梨音がフィルミーノの相手をするようになっている。

「ああ、うん」

ぼんやりと考え事をしていた梨音は、フィルミーノの問いかけに曖昧に頷く。

「やっぱり、りねはにゃんこひめだったよ」

「うん？」

子供との会話は、時々突拍子もないことを言い出すので理解が追いつかない。特にフィルミーノはまだ筋立てのできた会話は難しいらしく、思ったことをすぐ口にする。

「えっとね、きのうのワンワンくん。にゃんこひめが、あくのそしきにねらわれたの」

詳しく聞くと、どうやら最新話でにゃんこ姫はワンワン君を庇ったことで、悪の組織から襲撃されたらしい。

アニメと現実を本気で混同しているわけではないけど、なんとなく不安になってってしまう。

——変なことになって、弱気になってるのかな。

そう冷静に考えてみても、妙な胸騒ぎが消えない。

「だいじょうぶだよ。りねはフィルとにいさまがまもるからね」

「それなら、頼もしいな」

天使の笑顔で勇気づけられ、梨音は微笑む。

けれどフィルミーノは、頬をぷくっと膨らませると持ってきた絵本をテーブルに置く。そして梨音のシャツを引っ張った。

「すわって、りね」

「どうしたの？」

意図が分からないまま膝をつくと、フィルミーノが梨音の頭をぎゅっと抱える。本人は抱きしめているつもりらしい。

「げんきだして。にいさまはぼくよりずっとつよいから、こわがらなくてもへいきだよ」

子供は敏感だ。未だに狙われているという現実を受け止めきれていない梨音だが、ぼんやりとした不安はある。

それをフィルミーノは、敏感に感じ取っているのだ。

「ありがとう、フィル」

結局、梨音はあの夜からアパートに戻ってはいない。幸い勉強道具は鞄に入っていたので、足りないものは英人から借りて凌《しの》いでいる。

けれどそろそろ卒論の準備に取りかかりたいのと、家がどうなっているのか気になるので、角倉に見に行ってもらっている。

念のためにドアの鍵は付け替えてもらったけれど、貴重品は持ってきてもらうように頼んである。

「失礼いたします」

「お帰りなさい、角倉さん」

戻ってきた角倉は、梨音がリストアップした貴重品を紙袋に入れて持ってきてくれた。手渡された袋を覗くと、几帳面な彼らしく一つ一つが袋に入れられ、中身が分かるように説明書きのされた付箋がついている。

「確認を、お願いします」

「あとで見るからいいよ」

「信用していただけるのはありがたいですが、もう少し疑ってください」

「だって俺を監禁しても、角倉さん達は気遣ってくれてるし。そんな人達が盗むなんて、あり得ないですよ」

彼らが盗みたくなるようなものなど何も持っていない。

それにマフィアと言うからには梨音の貯金などを盗ろうと思えば、まどろっこしいことはせず証拠も残さず殺してしまうだろう。

「そう言っていただけると、ありがたいです。あと……気になることがありました」

「どうしたの」

「笹原様の部屋に、人が侵入した形跡がありました」

「英人がうちの親に連絡したのかな」

するると角倉は深刻そうに、眉間に皺を寄せる。

「笹原様のご親族が来たという感じではありませんでした。はっきり言えば、あれは明らかにプロの犯行です」

英人の話を聞いてから、角倉はロベルトの部下だけではなく別の組織の人間がアパート周辺に出没していたと確信を持っていたのだという。

梨音がホテルに滞在している間も、部下を数名アパート近辺で見張らせていたが、相手のほうが一枚上手で侵入に気づいたのは今日になってからだと言われ頭を下げられる。

「こちらのミスです。申し訳ありません」

「いえ、相手もプロなら仕方ないっていうか。ともかく、角倉さんが謝ることじゃないですよ。それより通帳や保険証を盗まれてたら、届けないとマズイですよね？」

「引き出しやクローゼットが開けられていましたが、盗られたものは恐らくありません。犯人の目的は金銭ではなく、笹原様なのは確実です。これを見てください」

荒らされた室内の写真を渡されて、梨音は動揺する。

めちゃくちゃにされているなら空き巣と考えられるが、引き出しやクローゼットが開けられているだけで一見荒らされたようには思えない。

　だが角倉は、仕掛けられていたという、いくつかの盗聴器まで持ってきていた。

「恐らく、笹原様が戻るの待って、踏み込むつもりだったのでしょう。笹原様のことをロベルト様が気にかけていると、相手も知っている可能性がこれで高くなりました」

「やっぱり、警察に届けたほうがいいんじゃ」

「無駄です。こちらと同じく、圧力をかけてくる可能性が高い」

　どうやら両隣の部屋は異変に気づいた様子はなく、梨音が不在でも気にした様子は見られなかったようだ。

「あのアパートは危険です。別の部屋に引っ越しをしたほうがいいですね。無論、引っ越し代と新しい物件はこちらで用意します。当面の家賃も、お支払いさせてください」

「え……そこまで迷惑はかけられません」

　彼らの揉め事に巻き込まれ、不自由な生活を強いられているのは事実だ。しかしホテルの滞在費や食事代はすべてバルツォ家のほうから支給されていると聞いている。

　心苦しくて、ロベルトやフィルミーノ、そして角倉を含めた部下達の食事を作ることで、できるだけ一方的な負担を減らしているつもりだけど、足りないことくらい分かっている。

　更に引っ越しだの何だのと甘えるのは、さすがに気が引ける。

「りね、どっかいくの？」

「あ、うん。引っ越ししないといけないみたいで……」

「だめっ！　いっちゃやだあ！」

みるみるうちにフィルミーノの目に大粒の涙が浮かび、わあわあと泣き始める。

慌てて角倉が抱き上げてあやそうとするが、フィルミーノは見事な海老反りと脚をばたつかせる攻撃で腕から逃れようとする。

「フィルミーノ様、我が儘を言ってはいけませんよ」

「かどくらきらい！　りねといっしょがいいの！」

癇癪を起こした子供に、正論は通じない。世話係をしてそれなりに長いはずだろうに、角倉はフィルミーノの扱いに慣れていないようだ。

――こればっかりは、相性もあるしな。

一生懸命になればなるほど、空回りするタイプなのだろう。仕事はできても、子供との対話が同じようにうまくいくとは限らない。

「りねっ」

「はいはい。正義の味方は、泣かないんだぞ――すみません。角倉さん、いいですか？」

返事を待たずに、梨音は角倉の腕から半ば抜け落ちているフィルミーノを抱き留める。

「フィルには俺から説明しますから、任せてください」

「すみません」

こちらも泣きそうになりながら部屋を出ていく角倉を見て、あとでフォローが必要だなと考える。

「フィル、すぐに引っ越しってわけじゃないからさ。泣くなよ」

「ほんと？」

「ああ、アパートを探すっていっても、簡単には決められないし。俺もフィルやロベルトと一緒にいたいから。出ていったりしないよ」

「ぜったいだからね！　うそついたら、はりけーんパンチだからね！」

「それは嫌だな。すごく痛そう」

柔らかな髪を撫でて笑うと、少しだけ機嫌が直ったのかフィルミーノは口を尖らせながらも泣きやんでくれた。

結局、フィルミーノが騒いだおかげで、空き巣の件はうやむやになってしまった。

あれから数日。なんだかんだと理由をつけて、また英人がホテルへ遊びに来るようになった。いつの間にかフィルミーノとアドレス交換をしており、すっかり友人として打ち解けていた。

「よう、来てやったぜ。フィル、梨音。お土産だ！」

ケーキの入ったボックスをテーブルに置き、冷たい視線を向ける角倉に構わず鞄から本を取り出すとフィルミーノに渡す。

「そしてサプライズ！　来月発売の、最新の新キャラ図鑑だぜ」

「うわーっ」

「今回は光るシール付きで、日本先行発売だぞ。感謝しろよ」

「ひでとだってたのしみにしてたじゃん。てきの、うさみみんがすきなの、ぼくしってるよ！えっちひでと！」

盛り上がる二人は、もうずっと前から仲のいい幼馴染みのようだ。というか、英人の精神年齢の低さに、さすがに呆れてしまう。

——まあ、フィルは楽しそうだし。英人も無理してるわけでもないみたいだからいいか。

端から見ればおかしな関係だが、これが日常と化してきている。早く平穏な日々に戻りたいと思う一方で、ロベルト達と過ごす時間も楽しいと感じ始めている自分がいる。

「お茶の用意をしてきますね」

「あ、オレ。コーヒーがいいな」

「フィルはココア」

図鑑のページを捲りながら、注文を出す二人に苦笑しつつも、角倉は頷いてくれる。秘書というより、すっかり執事だ。

「なあ、あのおっかない兄さんは留守だよな」

「ロベルト？　今日は取引先と会食があって、帰りは夜になるみたいだけど」

命を狙われていることは、公《おおやけ》にはしていない。日本に来た名目も、取引先の拡大だから政財界からはよくお呼びがかかる。

梨音と出会った夜も、大使館主催のパーティー帰りだったらしい。断れば妙に思われるので出ざるを得ない、本来の目的である『運命の相手探し』のことは、説明したところで信じてもらえるわけもない。

かといって命を狙われていると話せば、大騒ぎになるに決まっている。

「いないなら、丁度よかった。バルツォ家っての、知り合いのツテで調べたけど、ちょっとヤバイな」

本に夢中になっているフィルミーノは、梨音と英人が話をしていても気にせず読み続けている。

「今だから話すけど、初めにここへ連れてこられた時、やっぱ怪しいって思ったんだ。だからフィルを誘って、内状を聞き出した」

「英人って、ほんとすごいな」

「いや、ほとんどあの角倉ってお付きに邪魔されたから、大したことは聞けなかったけどさ。でも昨日、向こうから色々情報提供してくれた。大学に来たんだよ」

確か珍しく、角倉を伴ってロベルトが朝から出かけていたはずだ。詮索はしなかったが、会話の端々から『うまくいった』と聞こえてきたので、取り引きが成立したと勝手に思い込んでいたが違うらしい。

「昨日って、俺の講義がない日だよな」

「だから、向こうもそれを狙ってきたんだと思う」

午前中にいきなりロベルトが彼の経営する会社の代表として大学を訪れ、資金提供を申し出てきたのだという。

主に梨音のいる学部中心で、ロベルトの出身大学と姉妹校にならないかとも持ちかけてきたらしい。

理事長をしている英人の父親には、出先で困っていた時に梨音に助けられたことがきっかけだと、説明したのだと続ける。

英人曰く、他人を疑わない性格の父は素直に納得した上に、こちらからも交換留学をと提案してしまったのだ。

何故英人が知ったのかといえば、美形の外国人が訪ねてきたと女子学生の間で話題になったので、慌てて英人が理事長室に行き、彼らと鉢合わせしたというのが顛末だ。

「資金援助はありがたいけど、いきなり現金出すとかあり得ないしさ！　悪い人じゃないんだろうけど、強引すぎる……なんか、防犯用に監視カメラもつけるって話がまとまったらしいし。そりゃ全額相手負担だけど、むちゃくちゃ怪しいだろ！　なのにうちの親父、疑わないんだぜ。オレに『教育熱心な出資者が来てくれた』とか言っちゃってるの」

頭を抱える英人に、梨音はここまできたら隠しても仕方ないと判断して、黙っていた事実を告げる。

「黙っててごめん。あの人達、本業はマフィアなんだって」

「はあ？　マジか」

「言えば英人も巻き込まれるから、言わなかったんだ」

「最初から、わけありの家族だとは思ってたけど……マフィアね。これで納得いったよ」

銃撃戦があったと噂になっている夜に、怪我をして蹲っていたロベルトを匿ったのがきっかけだと梨音は話す。

「監視カメラも、お前を見張るためか」

「俺っていうか、構内に不審者が入らないよう監視するためじゃないかな。表立った護衛は断ってるし。英人にも警護の人をつけてるって角倉さんが話してたからさ」

「……マジか」

当然だが、英人は自分も見張られているとは考えてもみなかったらしく深い溜息をつく。

「とにかく早くホテルを出てアパートも引き払え。引っ越し費用は立て替えてやるから、あいつらと関わりを絶ったほうがいいぞ」

英人の言うことは、正論だと頭では理解できる。なのに梨音は、すぐに頷くことができなかった。

――時間が経つほど、泥沼になるのは分かってる。

これ以上、ホテル生活が長引いても、いいことはなにもない。

就職活動が本格的に始まれば、住所だって必要になる。それに将来のことを考えれば、危険な組織と深く関わり続けるのは明らかに不利だ。

「部屋はオレのほうで、セキュリティーがしっかりしたとこ探しておく。とりあえずは、大学の寮へ入ってここから離れろ」

「……説得してみる。けど……」

「なに弱気になってるんだよ。まさか、一緒に暮らして情が移ったとか言わないよな？」

指摘に、梨音は慌てて首を横に振る。

「お茶をお持ちしました」

コーヒーとココア、そして梨音用に淹れた緑茶をトレイに載せて角倉が戻ってきた。幸い話は聞かれていなかったらしく、特別変わった様子はない。

「こちらに置きますね。私は部屋の外にいますので、ご用があればお呼びください」

「そんな他人行儀にしなくたっていいじゃん。角倉の兄さんも、お茶くらい飲めよ」

「……ではお言葉に甘えます」

いつものハイテンションに戻った英人は、何事もなかったかのようにふるまう。

——そうだよな。狙われてるっていっても、相手の目的はロベルトなんだから。離れれば俺のことなんか気にしなくなる。

そう考えると、何故か胸の奥がもやもやとして落ち着かなくなった。

「りね、おさんぽいきたい」

普段は大人しくしているフィルミーノが、珍しくそんなことを言い出した。

「フィルミーノ様、外へ出るなら、私が……」

「りねといっしょがいいの。かどくらはきちゃだめ」

「そういう言い方はないよ。角倉さんはフィルのこと心配してくれてるんだから」

三歳児にしては物分かりのよいフィルミーノだから、梨音もきちんと説明をする。しかしフィルミーノは梨音と二人で出かけたいと、頑として譲らない。

「かどくらとはこんどおさんぽしてあげるから、きょうはがまんして」

なにやら勘違いをしているようだけれど、角倉にはフィルミーノの提案が相当嬉しかったようだ。

涙目になりつつも、梨音の手を握り深く頭を下げる。

「申し訳ありませんが、宜しくお願いします」

「フィルは言うことを聞いてくれるから楽ですよ。俺としても気分転換になるから、そんな気にしないでください」

「フィルミーノ様に見つからないよう、護衛はつけますのでご安心ください」

こそりと告げる角倉に、梨音は微笑んで頷く。

兄の子供達はフィルミーノと似たような年頃だが、かなり行動的だ。悪戯《いたずら》こそしないけれど、何にでも興味津々で目を離すとすぐ迷子になってしまう。

その点、フィルミーノはホテルの廊下で走り回ることもなく、大人しくしている。ただ時折、ロベルトが外出している時に、カーテンを少しだけ開けて外を眺めている姿が気になっていた。

自分から望んでついてきたとはいえ、まだ遊びたい盛りの子供なのだ。

実家のイタリアでどう過ごしていたかは知らないが、少なくともここよりはずっと自由にしていたはずである。

——好きなアニメが見放題でも、退屈して当たり前だよな。

念のため、帰りは会議を終えたロベルトと途中で合流することにして、梨音は散歩へと出かけた。

フィルミーノには一応、帽子を被ってもらい、服もあえて日本のファストファッションの店で揃えたものを着せる。さすがに外国人であることは隠しきれないが、目を引くお人形のような姿は大分隠せたはずだ。

ホテルでの生活が始まってから、大学への行き帰り以外で外出したのは初めてだ。

「あのね、ワンワンくんのバトルカードがほしいの」

「それが目的か。ちょっと待ってて」

スマートフォンでショップの場所を調べると、そう遠くはない場所に専門店があると分かる。

「英人と一緒に行った時、買わなかったのか？」

「かどくらが、ぬいぐるみかどっちかにしなさいっていったの」

欲しがるものを無制限に与えるのは駄目らしい。そういえば兄も同じで、両親が甘やかしそうになると叱っていた
「一度に買うと、楽しみがなくなるからな。みんないろんなことを我慢して、大人になるんだ。フィルもできるだろ？」

何故か真剣な顔になって、フィルミーノが頷く。この時は深く考えず、梨音はタクシーを停めると二人で乗り込んだ。

買い物をすませて、以前英人から勧められたカフェに入る。

イタリアの田舎町をイメージした店内は落ち着いた雰囲気で子供連れの客も多く、場所的に外国人客も多いせいかフィルミーノが注目されることもない。

テーブル席の間隔は程よく空いており、隣の会話が聞き取りにくい造りになっているのも感じ

がよかった。

雑誌にも載ったという桃のタルトを二つと、フィルミーノ用にバナナミルク。自分には紅茶を注文する。

タルトと飲み物が運ばれてくると、フィルミーノは子供らしく目を輝かせた。

「いただきます」

言うのと、タルトを口いっぱいに頬張るのはほぼ同時だった。ホテルでおやつを食べる時とは違い、思い切り大きな口を開けてタルトを口に運ぶ姿は、兄の子供達となんら変わらない。

「もっと食べる？」

「うん！」

元気よく返事をするフィルミーノは、年相応だ。ホテルにいる間は周囲の大人達を気にして、静かにしていたのだろう。

梨音は写真つきのメニューをフィルミーノに見せて、彼が指さしたケーキやパフェをウエイトレスに頼む。

――やっぱりフィルも、いいとこのお坊ちゃんなんだな。

何度か英人から、彼自身の子供時代の話を聞いたことがあった。

両親が有名私立学校の理事長をしているだけあって、幼い頃からパーティーだのなんだのと連れ出されることが多く、『子供なりに気を遣ってたんだ』と苦笑交じりに話してくれた。実家がマフィアという点ではセレブとは少し違うかもしれないけれど、フィルミーノも一般人とはかけ離れた生活を送っていたに違いない。

そんなことを考えている間に、フィルミーノは驚異的な食欲で運ばれてきたスイーツをあっと言う間に完食してしまう。更に追加を頼むべきか迷っていると、不意にフィルミーノが声を落とした。

「りねは、にいさまのこと、こわくないんだよね？」

「え……？」

「りねには……えっと、おみみがみえてるって、にいさまがおしえてくれたの」

フィルミーノなりに内緒話をしているつもりらしく、あえて『狼耳』とは言わず、両手を頭に乗せて耳の形を作り、ぴょこぴょこと動かす。

可愛らしい仕草に思わず笑ってしまいそうになるが、フィルミーノは真剣そのものなので梨音も背筋を正す。

ロベルトにふりかかった呪いは、家族内に不幸な亀裂を生んでいることは知っている。

ただそれは、両親とロベルトの問題で、まだ幼いフィルミーノは無邪気で理解していないものだとばかり思い込んでいた。

「見えてるよ。最初は驚いたけど、怖くはなかったな」

「よかった」

以前ロベルトに告げたのと同じ答えを言えば、フィルミーノが泣きそうな顔で笑う。まだ三歳の子供がしていい表情ではない。

梨音は胸が締めつけられるような気持ちになる。

「にいさまはつよいけど、おうちだとわらわないの」

「フィルと一緒でも？」

「うん。やさしいけど、わらわないよ。しゃしんもとらないの」

しかし、梨音がホテルに滞在するようになってからは、何かが変わったと覚束《おぼつか》ない日本語で続ける。

もし梨音がイタリア語を理解できたなら、フィルミーノはもっと饒舌《じょうぜつ》に自分の気持ちを話してくれただろうと思うと辛くなる。

「にいさまがいっぱい、がまんしてるの、フィルしってるんだ」

何を、なんてとても聞けなかった。子供の繊細な心は、ロベルトが周囲の人間にも気づかせないように心の底へ押しとどめている感情を見抜いている。

そしてフィルミーノは、その辛さをまるで自分のことのように感じているのだろう。梨音にとって義姉に当たる人も、『敏感な子は言わなくても分かっちゃうのよ』と母とよく話していたから、フィルミーノが気を引くために嘘を言っているとは思えない。

「でもね、りねがいるととってもたのしそう」

「そう、かな?」

「そうだよ」

ロベルトがやたら側にいると感じてはいるけど、それは梨音が狼耳や尾を見ても平然としているからだと思っていた。

「だからりね、にいさまのそばにいて」

ぺこりと頭を下げるフィルミーノに、梨音も思わず頭を下げた。子供だからといって、誤魔化したり適当な返事をしてはいけない時がある。

今は真面目に向き合わなくてはならない。

――子供は大人が思っているより敏感だからなって、兄さんも義姉さんも言ってたからな。

幼いからと適当に聞き流すと、意外なところで心の傷になってしまうものらしい。

「俺がどんなふうに役に立てるか分からない。けど、ロベルトが必要としてくれる間は、側にいるよ」

「ありがとう、りね! だいすき!」

やっと笑顔の戻ったフィルミーノは、本当の天使のように愛らしい。

――角倉さんが保父さん状態になるのも分かるなあ。

無邪気な笑顔を向けられたら、疲れだって吹っ飛ぶに決まっている。普段ロベルトの秘書として働く角倉にしてみれば、フィルミーノの世話はある意味最強の癒やしだろう。

しばらくカフェで話をしていると、不意に周囲がざわつき始める。何事かと思い入り口のほうへ視線を向けると、そこにはスーツにトレンチコート姿のロベルトがいて、店員に何かを話しかけていた。

「変装くらいしろよ、ただでさえ目立つんだから」

そう呟いて梨音はフィルミーノに上着を羽織らせると、手を取って席を立つ。

「なにしてるんだよ」

「お前達を捜しに来ただけだ」

「あんた、狙われてるんだろ。ただでさえ目立つんだから……眼鏡かけるとか、ちょっとは変装しろよ」

迎えに来たロベルトに、フィルミーノが抱きつく。

「にいさま、みて。あたらしいカードかったの」

手にしたカードを笑顔で自慢している弟を見つめるロベルトの眼差しは優しく、彼がマフィアの跡取りとはとても思えない。

――呪いも、マフィアも。なくならないかなあ。

早くこの二人が、普通の兄弟として笑い合える日が来ることを願ってしまう。

「このカード、梨音が当ててくれたんだよ」

「そうなのか。ありがとう」

「いや、シークレットだし。たまたまだって」

何気ない会話に交ざり、梨音も二人と一緒に盛り上がる。平凡で幸福な時間は、ホテルに戻るとあっさり終わってしまった。


最上階のフロアへ入ると、警護の男達が出迎える。物々しい雰囲気に、ただ事ではないと梨音も感じ取った。

「相手の動きが活発になっています」

「なにがあった」

角倉は側にいる梨音とフィルミーノをちらと見たが、非常事態と判断したのか言葉を続けた。

「本国の当主様が、狙撃されたと報告がありました。幸いお怪我はありませんが、奥様とご一緒に避難しております」

「そうか……」

顔色一つ変えないロベルトに対して、さすがにフィルミーノは今にも泣きそうになっている。梨音のズボンにしがみついているので、僅かに震えが伝わってくる。

ESSENCE
PERFECT MAKE

「あの、フィルの前でそういう話はしないほうがいいんじゃないか？」

「ぼく、だいじょうぶだよ」

「フィルミーノ・バルツァ。お前もバルツァ家を背負う身なのだから、気をゆるめるな」

梨音とはまったく反対の対応をするロベルトにむっとするが、フィルミーノははなをすりながら兄の言葉に頷く。

そして梨音から離れると、大きな瞳を潤ませながらも健気《けなげ》に決意を口にする。

「はい。フィルはへいきです。にいさま、りね。なさけないすがたをみせて、ごめんなさい」

「フィル……」

住む世界が違うのだと、この言葉で思い知らされる。

三歳のフィルミーノでさえ、自身の立場を理解しているのだから、長男のロベルトはどれだけの重圧を受けて育ってきたのか計り知れない。

その上、理不尽な呪いまで受けているのだ。

――今ならまだ、警察に駆け込めば何とかなるかも。けど……。

一緒にいる時間が長ければ、それだけ相手も梨音をロベルトの仲間だと認識するようになるはずだ。

英人には迷惑をかけてしまうが、事情を知る彼ならば何としてでも庇ってくれるだろう。しかしそれは、ロベルト達を見捨てて、逃げることと同じだ。

自分がなにかできるわけではないのは分かっている。

でも、夜食を作ったりフィルミーノとテレビを見て他愛ない話をする時間はとても楽しい。

何よりロベルトの呪いがどうなってしまうのかも気にかかる。

「どうやら相手は、ロベルト様か本国にいらっしゃるお父上のどちらかを殺し、組織内を混乱させるつもりでいるようです」

「まったく、私や父を殺したところでファミリーの結束が崩れるわけでもないのに。馬鹿な連中だ」

「そうやって自分の命を軽く言うのはやめろよ。フィルも聞いてるんだぞ」

彼らにとって、命のやりとりは日常茶飯事なのだろう。

でもだからといって、幼いフィルミーノに聞かせてよい内容ではないし、何より梨音も聞きたくない。

「あんたも、あんたのお父さんも一人しかいないんだ。角倉さん達だって、ファミリーってのが存続できれば誰が死んでもいいなんて思ってるはずがないだろ。変な覚悟するなよ」

平和ぼけ、と一蹴されるのを覚悟して訴えかける。しかし意外にも、ロベルトと角倉は神妙な面持ちで黙り込む。

――ヤバイ、言いすぎたか。

一般人の戯《ざ》れ言《ごと》に気分を害してしまったかもしれない。

「……梨音の言うとおりだな。父には私が直接連絡を入れる、フィルも母とテレビ電話で話をさせよう」

できるだけ、これまでどおりにと、ロベルトが角倉に指示を出す。だが狙撃されたのは事実なので、角倉もなかなか譲らす再び梨音は大学を休むように言われてしまった。

「梨音」

「我慢しろよ。俺も、フィルだって我慢してるんだぞ」

外出禁止令が出されて、一番に苛立っていたのはロベルトだった。

今度ばかりは会食や会議も欠席せざるを得ず、一切の外出を止められている。

外に出られないストレスが溜まり、爆発寸前になっていると梨音にも分かるがどうしようもない。

「バウド」

「いけません」

「まだ何も言っていないぞ」

簡単な日本語なら理解できる部下を呼びつけると、ロベルトに命じられる前にバウドと呼ばれた中年の男が首を横に振る。護衛の中ではかなり重要なポジションを任されているらしく、ロベルトかフィルミーノの側にいることが多い。

「外出は危険だと、角倉さんから言われてます」

「少しだけだ。それに相手が動くのを待つのは、性に合わない。梨音だって、出歩きたいだろう?」

「人をだしに使うなよ」

護衛を任されている部下は命令に忠実ゆえに、角倉とロベルトの板挟み状態になっているのだ。

――もっともらしいこと言ってるけど、退屈なんだろうな。

気持ちは痛いほど分かる。

「おでかけするの?」

図鑑を捲っていたフィルミーノが梨音に尋ねる。

「えっと……」

答えに困りロベルトを見やると、彼は真顔でフィルミーノの前に跪《ひざまず》く。

「悪い兄ですまない。どうか少しだけ、外の空気を吸うのを許してもらえないか?」

出かけるとしても、まだ三歳のフィルミーノを連れていくのは危険すぎる。

「やっぱり大人しくしてたほうがいいって。フィルも我慢してるんだしさ」

角倉が本国と連絡を取りつつ、犯人捜しに奔走しているのは知っている。まさに寝る間も惜しんで働く彼に、何度食事の差し入れをしたか分からない。

顔を見る度に目の下の隈が広がり明らかに倒れる寸前と分かっているが、彼は仕事を続けている。

「フィル？」

「にいさま、りね。ぼくはおるすばんしてます」

「にいさまは、いつもがまんしてるんだもん。にゃんこひめもワンワンくんとおしのびでおでかけしたから。ちょっとならいいよ」

「でもね。悪い人達が、ロベルトを狙ってるんだよ」

そう言い聞かせるが、フィルミーノには逆効果でしかなかったようだ。

「だいじょうぶだよ、りね。にいさまはつよいんだ。ひっさつわざの、ワンワンハリケーンでたおしちゃうもんね」

「ああ、そのとおりだ」

逆に妙な理屈で言いくるめられて、梨音は困り果てる。こんな時、厳しい意見を言ってくれる角倉は仮眠中だ。

「バウド、お前さえ黙っていれば丸く収まる。なに、すぐに戻るから安心しろ」

強く反論できない立場にあるバウドの顔色が、次第に悪くなっていく。

「ちょっと待てって、バウドさんが困ってるじゃないか」

「お前とバウドは、私に命じられたと角倉に言え。責任は私が取る」

こうしてロベルトに押しきられるかたちで、無茶な外出計画が決行されようとしていた。


いつの間にかロベルトは、警備を担当しているバウドに命じて私服を用意させていた。

渋りながらもバウドは次期当主の命令には逆らえず、ホテル内にあるショップで揃えたラフなシャツとスラックスを手渡す。

それに、一応変装用として、帽子とトレンチコートが加わる。

梨音も念のために、薄手の防弾チョッキをジャケットの下に着るよう勧められた。だがロベルトに『貫通はしないが、骨折は覚悟しろ』と笑いながら言われて、まったく安心できなくなる。

「すみません」

「いえ……できるだけ早く、戻ってください……」

深々と頭を下げられ、梨音も申し訳ない気持ちでいっぱいになる。

拙い日本語で困ったように言うバウドが気の毒になったけれど、ロベルトは出かける気満々だ。

多少心苦しくはあったが、この監禁生活に息苦しさを感じていた梨音はホテルから出るとほっと息を吐く。

「それで、どこに行くんだ？」

タクシーだとすぐに追われる危険があるので、あえて地下鉄での移動を選ぶ。

「決めていない……というか、行き先が分からなくなった」

「どういうことだよ」

「お前と会った夜、実は護衛を帰して一人である場所へ行くつもりだったんだが。迷った」

「で、どこへ行こうとしてたわけ？　ヤバイ場所は、俺も嫌だからな」

するとと何故か、ロベルトが口ごもる。

「ネットで見て、気になっていたんだ。その……直接販売しかしていない、和菓子屋があると知って……」

「あー、外国の人が行きたがるお菓子スポットか」

最近ではSNSで、日本の隠れた名店を紹介するのが流行《はや》っている。ロベルトもそんなブログの一つを見たのだろう。

ただ困ったことに、そういう隠れ家的な店は、大抵ガイドブックには載っていない。下手をすると、地図検索ですら除外されている。

都内に住んで三年経つが地方出身の梨音にとっても、そういった類《たぐ》いの店を探すのはかなり難しい。

どこに案内すればいいのか分からない梨音は、英人にメールで相談する。連絡を取ると、すぐに呆れかえった文面が届いた。

『あのさ、深入りするなっていうオレの忠告、忘れてるだろ』

そう前置きしつつも、英人はロベルトが探していた和菓子屋の地図と、近辺のよさそうなカフェ情報を送ってくれる。

結局のところ、自分も英人も根本的に日本人だとしみじみ感じる。狙われていることは知っていても、危機感はまるでないのだ。

――なにかあれば、交番にでも駆け込もう。

「梨音、人が多いな」

「迷子になるなよ」

すると当然のように手を繋がれ、梨音は一瞬戸惑った。

――こんなに大きかったっけ？

毎晩のように愛撫され、梨音の体で彼に触れられていない場所はない。けれど快楽のほうが強くて、彼の手の大きさを意識したことはなかった。

体格差もあって、ロベルトの手は梨音の手をすっぽり包み込むほどだ。少し体温の低い指先に自分から指を絡めると、ロベルトが梨音を見下ろし少し微笑む。

「こうして、デートに出るのは初めてだな」

普段のスーツ姿とは違い、カジュアルな装いのロベルトについ見惚れてしまう。髪も下ろしているので、年相応な感じだ。

「そっか……」

毎晩淫らな行為をしているのに、デートをしたことがないと気づく。

いや、これがデートと呼べるものか分からないけれど、ともかくプライベートを二人で過ごすのは初めての経験だ。

不思議と嫌な気持ちにはならないし、むしろ胸が高鳴る。なんとなく身を寄せると、ロベルトは手を繋いだまま引き寄せてくれた。

人が多いので、他人からは外国人が迷子にならないよう、通訳が引っついているようにしか見えない。

「地下鉄で二駅。そこから少し歩くみたいだ」

「話でもしていれば、すぐ着く距離だな」

これまでの高慢な態度とは違い、今日のロベルトは社交的だ。スーツではなく、薄手のニットにジーンズ、明るい色のトレンチコートという軽装も彼の威圧感を消している。

梨音は普段どおり、大学生らしい恰好だから、二人はすっかり観光客として街に溶け込んでいた。街を散策している間、珍しくロベルトは饒舌だった。家族の話、特に母が自分の変身した瞬間を見てしまった時の話と。

今は少しずつ、会うようになってきていること。フィルミーノが生まれてから、家族の会話が増えたことなど。他愛のない内容ばかりだけれど、日常に戻れた気がして梨音の張り詰めていた気持ちがゆるんでいく。

他にもイタリアの観光地や有名な場所など、梨音が問うと素直に教えてくれるロベルトがかなりリラックスしているのは感じ取れた。

――狙われてるなんて、信じられないや。

ただ時折、ロベルトの視線が周囲に向けられる。その時だけ、碧の瞳が鋭くなり話しかけるのを躊躇《ためら》ってしまうほどだ。

「……お前の話も、聞かせてくれないか」

「うち？　あんたの家に比べたら、ごく普通だぞ」

梨音の歳の離れた兄にも子供が三人いて、帰省する度に面倒を見ている話をする。

マフィアと言っても、同じ人間なのだ。当たり前のことだけれど、自分の中で無意識に一線引いていたと気がつく。

「――ロベルトもお父さんも、フィルのことになると過保護なんだな。それにしても、お母さん若すぎ！　羨ましいかも」

十六歳で嫁いだと聞いていたが、改めて話されると梨音は驚いてしまう。それでも未だにロベルトが呆れるほど両親の仲はよく、父は一度も浮気をしていないのだという。

「フィルは母に似て、天使のようだが……前にも言ったが私は父親似だ」

「本当によかったー」

「普通はフォローを入れるところだろう」

堪能な日本語で突っ込みまで入れるロベルトに、つい笑ってしまう。するとロベルトが立ち止まり、梨音をじっと見つめる。

「やっと笑ったな」

「え？」

「最近はフィルといても、作り笑いばかりだっただろう。私とフィルは気づいていたが、本人が無自覚とはな」

ストレスが溜まっていたのは梨音も同じと指摘され、俯く。意識していないわけではなかったけれど、そこまで顕著に態度に出ているとは思ってなかった。

「気をつかわせて、ごめん」

「いや、我慢させていたのは、私の失態だ」

梨音は被害者の立場だが、まったく関係のない幼いフィルミーノにまで気を遣わせていたということになる。

——だから外へ出るように言ってくれたのか。

考え込んだ梨音に、ロベルトが追い打ちをかける。

「今更と思うだろうが」

「なに？」

「お前を無理矢理抱いて、すまなかった」

「ああ、うん……って、今言うことっ？」

真っ赤になって怒鳴ると周囲から視線が集まる。梨音はロベルトの手を引き、小走りにその場から逃げ出す。

「許してもらえるとは、思っていない」

「いや、そうじゃなくて。驚いただけだ」

今更、という言葉がこれほどしっくりくる瞬間はないと思う。

もうなあなあですませてしまっても仕方ないと思い始めていたから、改めて謝られると気恥ずかしくなる。

そもそも、自分はもうロベルトに抱かれることに対して嫌悪を感じていない。与えてくれる快感のせいだと思うけれど、ロベルトは基本的に梨音が嫌がることはしないのだ。

あくまで梨音の快感を優先し、悦いところばかりを甘く刺激してくれる。あれはまるで、淫らなマッサージのようだとも思う。

それに終わってからもロベルトは梨音の体を労《いたわ》り、翌日の講義に遅れないよう気を遣ってくれるのだ。

まるで大切な恋人に対するような扱いを受け続けて、絆《ほだ》されないのは余程理性的な人間だけだろう。

少なくとも、梨音はロベルトの優しさに絆されかけている。

「もういい。俺だって、結局……あんたと関係を続けてるわけだし」

そうでなければ、一緒に出かけたりしないし、まして手なんて繋がない。

——あれ？　またあの香りだ。

ベッドで行為が始まると漂う甘い匂いが、鼻先を掠める。淫らな気持ちを高める香りだが、どうしてか今は楽しいという感情が強くなる。

ロベルトの探していた店も無事に見つかり、目当ての和菓子を食べて周囲の散策を始める。観光地なので外国人向けの店も多く、ロベルトは興味深げに覗いている。

「フィルにもお土産買っていかないとな……ロベルト？」

隣にいたはずのロベルトの姿がないので、慌てて店内を捜す。すると数名の若い女性に囲まれている彼の姿があった。

雰囲気からして、どうやら逆ナンパに遭っているらしい。

確かにロベルトは顔が整っているので、目を引く。ロベルトは丁寧に断っているが、女性陣は諦めず食い下がっている。

——助けに入るか。

場合によるが、この場合は下手に割って入ると余計に揉めかねない。うまくロベルトが彼女達から離れられれば、そのまま手を取って人混みに逃げられる。

そのほうが騒ぎにならずにすむのだ。

梨音はロベルトの視界へ入る位置に移動し、連れ出すチャンスをうかがう。必死の形相でロベルトをお茶に誘う女性達には、梨音の姿は見えていない。

「――私には結婚を決めた相手がいるんだ。お茶といえど、他の女性と共にする気はない。申し訳ないが、他を当たってくれ」

断りの言葉を笑顔で突きつけ、ロベルトは固まってしまった女性陣達の間から抜け出し、まっすぐに梨音の側へとやってくる。

そして当然のように梨音の肩を抱き、店を出た。

「相手って……？」

「気になると、素直に言えば教えてやる」

「別に！」

何故か、胸の奥がざわめく。これまで一度も、ロベルトに結婚を決めた相手がいるなんて話は聞いたことがなかった。

「嫉妬か？」

そう聞かれて、梨音は自分が何に嫉妬してるのか分からなくなっていると気づく。と同時に、この胸の痛みが何なのか、やっと自覚してしまう。

——俺……ロベルトのセックスに流されてるだけだと思ってたけど。この人のことが好きなんじゃん。

無言で俯いていると、肩を抱いていたロベルトの手が腕を辿って再び梨音の手を握る。

「梨音」

「ん？」

ロベルトがなにか言おうとしたが、急に真顔になって周囲を見回す。

「邪魔が入った」

「え、ええっ？」

いきなり走り出したロベルトに、梨音はついていくしかない。

人混みをかき分け、ビルを通り抜け、最後に大勢の観光客が屯《たむろ》している土産物屋へと飛び込む。

「私を狙っているようだが、さすがに向こうも人混みで騒ぎを起こしたくないようだ」

「狙ってるって。まさか銃で撃つ気なのか」

「ああ」

当然だと言わんばかりに頷かれて、梨音の背筋を冷たいものが伝う。

「俺、どうすればいい？　交番のあるほうに行くなら、検索する」

スマートフォンを取り出して、地図のアプリを起動する。するとロベルトは、僅かに目を見開く。

「怖くないのか？　お前も、狙われているんだぞ」

「そりゃあ、怖いよ。けどロベルトが一緒だから平気」

強がりでなく、本当でそう思う。

大体怖いからといって、わあわあ泣き叫べば解決するわけでもない。そう冷静に答えれば、ロベルトが笑い出す。

「やはりお前は度胸があって面白い。見込んだだけのことはある」

「勝手に見込むなよ。ほら、逃げるぞ」

相手が騒ぎを嫌うなら、人の多いほうへ逃げようと決めて二人は駆け出す。

途中で観光客用の露店で帽子を買い、相手が覚えていただろう特徴をさりげなく変えながら二人は逃亡を続ける。

幸い今日は海外からの観光客が多く、背の高いロベルトでも人混みに紛れるのは簡単だった。

相手は途中で二人を見失ったらしく、少し遠回りをしたものの無事ホテルへと戻ることができた。

けれど問題は、それからだった。

「一般人の笹原様が、怪我でもしたらどうするんですか！」

エレベーターのドアが開き、二人の姿を見た途端、待ち構えていた角倉が早速雷を落とす。

「私がそんなことを許すと思うのか？」

「許す、許さないの問題じゃありません。それにお二人を狙った輩《やから》がいたという報告も上がっていますまず。幸い大事には至りませんでしたが、念のため大使館や日本の警察にも連絡を取ったんですよ」

怪我でも負わされたら一大事だ。

自分達が無事に戻るまで、角倉は胃の痛む思いをしていたのだろうと察せられる。

「笹原様も、危機感が足りません！　まったく、お二人とも自覚持った行動を……わあっ」

「りねをいじめちゃだめ！」

突進してきたフィルミーノのタックルを脛にまともに受けた角倉が蹲る。

「フィル、これは俺達が悪かったんだから……」

「梨音、行くぞ。角倉が本気で説教を始めると一時間じゃ終わらないからな」

冗談か本気か分からないけれど、ロベルトの言葉には説得力があった。

申し訳なく思ったが、今はフィルミーノに感謝をして梨音とロベルトは部屋に戻る。

「……あ、れ？」

部屋に入った途端、急に膝が震え出して梨音はよろめいた。自分でも理由が分からないけれど、震えは全身に広がっていく。

「気づいてやれず、すまなかった」

「え？　なにが……」

体を支えるように抱きしめられた梨音は、そのままロベルトの胸に顔を埋める。いつもならこんな甘えるような真似などしないのに、今は力強い彼の腕に縋っていたかった。

「今なら泣いても、誰も見ていない」

「ロベルトが、いる……っ、う」

あやすように背中を撫でられると、途端に恐怖がこみ上げてくる。逃げている間も怖いと感じていたのは事実だ。

けど泣いても解決にはならないと分かっていたから、無意識に気を張っていたとやっと梨音は気づく。

「もう大丈夫だ」

「知ってる……っ、ロベルト。ろべると……」

舌足らずに名前を呼ぶ梨音の瞳からは、堪えていた涙がぼろぼろと溢れて止まらない。彼の側にいれば、これからも同じようなことは起こるだろう。

でも梨音は、どうしてかロベルトと離れるという気持ちになれない。この思いは何なのか。答えを出せるほど気持ちは冷静ではなく、抑えていた恐怖が消えるまで泣き続けた。

これ以上引き留めておくのは、梨音の身にも危険が及ぶと判断した角倉が、いくつかの物件情報を持って部屋を訪ねてきた。

「本来でしたら、大学も変わっていただくのがよいと思いますが。西町様の御父様が理事長ということもありますので、今のままのほうが警護もしやすいという結論も出ています」

「……俺としても、大学を変わるのは困る。編入試験もあるし……」

就活だって、現在のゼミの先輩や教授に話をしている最中だから、他校に移ることは考えられない。

命を狙われる危険性が変わらないのであれば、事情を知る英人の側でロベルトの部下にそれとなく守ってもらうほうが何かと融通も利く。

実のところ、それは建前でしかない。

本心としては、できる限りロベルトの側にいたいのだ。

「無理を言って、申し訳ありません」

「あのさ、角倉さんが謝ることじゃないですから」

すべてのきっかけはロベルトだが、ここまで大事になってしまったら謝られても意味がないと続けようとしたけれど、結局口にはしなかった。

「それで、こちらでもいくつか候補を絞ったのですが。どうでしょう」

パンフレットを何冊か出されて、ぱらりと捲る。どれもセキュリティー面だけでなく、立地や築年数を鑑《かんが》みても完璧だった。

「大学卒業までは、家賃の負担はします。院に進むのであれば、継続しますが……」

「うん……でもすぐには選ませんよ」

「聞こえているぞ」

「ロベルト様、お電話は……」

「終わった。くだらない話は終わりだ。梨音、来い」

有無を言わせず、ロベルトは梨音の手を掴み、ベッドルームに向かう。機嫌が悪いのは、明らかだ。

「出ていくのか？」

「そのうちね。けど、すぐには無理だって。準備とかあるし」

「ならいい」

ベッドに押し倒された梨音は、覆い被さってくるロベルトを見上げる。こうして強引に求められることにも、いつの間にか慣れてしまっていた。

彼の少し低い体温が、頬を撫でる掌越しに伝わる。他人とここまで深く触れ合ったのは、ロベルトが初めてだ。

同性に求められて、それを自然なこととして受け入れてしまっている自分に気づく。あんなに拒んでいたのに、どうしてかロベルトに触れられると心地よくて体の芯が熱くなってくる。

「あのさ……もう少しお世話になっていいかな」

「不安なのか?」

「なんで?」

「お前は悩み事や不安なことがあると、不自然な笑い方をするから分かる」

この間出かけた時もそうだったと、ロベルトに言われたと思い出す。

「不安なら、理由を言え」

そう詰め寄られても、梨音は頑なに口を噤む。

まさか『ロベルトに想う相手がいるのに、好きになってしまったから辛い』などと言えるはずもない。

「言わない」

『結婚を決めた相手がいる』と話していたロベルトの言葉を思い出して、胸が苦しくなる。

「お前は本当に、物怖じしないな。狼の呪いも、私がマフィアだということも知ってもまったく動じない。そんなところが気に入っているが」

笑いながら、ロベルトが唇を重ねてくる。

——別にロベルトは怖くない。怖いのは、俺の心だ。

好きだと自覚しても、彼に対する気持ちが消えてくれない。苦しいだけだと分かっているのに、諦められないのだ。

数日ぶりに訪ねてきた英人は、梨音の顔を見るなり眉をひそめた。

「お前、顔色悪いぞ」

「いや、別に元気だけど」

既に勝手知ったる自宅のようにソファへ腰を下ろし、手土産のプリンを目当てに駆け寄ってきたフィルミーノにそれを渡し、さりげなく別室へ行くように促す。

英人も、子供の扱いに大分慣れてきた様子だ。

「そうじゃなくてさ。なんか悩み事でもあるのかと思って」

悩みなら、山積みしている。そう言いかけたけれど、虚しくなるだけのような気がして梨音は首を横に振る。

「ちょっと疲れてるだけ。それより大学は？」

話を振ると、英人は肩を竦める。

大学のほうは至って平穏らしい。

角倉が危惧していたように、不審者の出入りもなく梨音と関わりのあった友人や教授達もこれまでと変わらない生活をしているのだと話してくれる。

「――さすがにマフィアでも、日本で関わりのない一般人相手に馬鹿なことはしないみたいだな。まあ、こっちとしては助かってるけどさ。あと、前にロベルトさんが約束してくれたとおり、イタリアの大学と交換留学の話がまとまってさ。まずは向こうの教授を迎えて、特別講義をしてもらってる」

お陰で父は、大喜びだと英人は苦笑いする。

未だに真相を知らされていない英人の父は、純粋にこの国際交流を喜ばしく思ってくれているのだ。

それはそれで、梨音としても嬉しい。

「西町様、またいらしてたんですか……警備の者には、止めるように言い含めてありましたのに」

「挨拶したら、普通に通してくれたぜ」

既に角倉には、英人にロベルト達がマフィアだと教えたと話してある。いずれは話さなければと思っていたらしく、角倉はいくらかほっとした様子だったので安心した。

彼としては、無用な接触が減ると考えていたようだけれど、英人は事実を知っても平然とホテルにやってくる。

「何度も言いますけど、このフロアに出入りしていれば関係者と見なされて、命を狙われる可能性があるんですよ」

「だってあんた達が、梨音とオレを守ってくれるんだろ」

明らかにからかっている英人に、角倉はむっとしている。

「さっきフィルにプリン渡したから。ソファ汚されないように見張りに行ったら？」

そう言うと慌てて、角倉がフィルミーノの部屋に走っていってしまう。

「これで邪魔者はいなくなった。で、本題だ。梨音、本当のことを言えよ。あのマフィアとどんな関係なんだ」

「英人」

「お前がマイノリティーでも、それは個人の問題だから気にしない。問題は、相手の家業だ。マフィアっていったら、日本のヤクザより厄介だぞ」

「分かってる……けどさ、上から目線だけど優しいところもあるし。二人で出かけた時も、気を遣ってくれたし」

どうして彼を庇うような発言をしてしまうのか、梨音にもよく分からない。

「気がついたら、好きになってた。……いい人なんだ。多分」

「多分て、なんだよ。好きならもっと自信持てって。ただしヤバイと思ったらすぐに連絡しろよ。とりあえず、お前の気持ちは分かったし、大学も今のところ問題は起こってないから、親父には黙っておくよ」

「ありがとう」

知らなかったとはいえ、マフィアと関係のある大学と姉妹校になればマスコミが大騒ぎをするだろう。

英人の父がこのまま知らずにいれば、あとは角倉やお膳立てしたロベルトの部下達がうまくやってくれるに違いない。

「なんだ、また来てたのか。随分と暇な学生だな」

「そりゃ、親友が心配ですからねー」

隣室から出てきたロベルトが嫌みを言うが、英人も臆せず言い返す。

「商談？」

「夕食も兼ねた会議だ」

ホテルから出られないので、仕事上どうしても対面での話し合いが必要な場合は、ホテルの個室レストランで商談をするようになっていた。

「ちょっと待って、ネクタイ曲がってる」

相変わらず室内には鏡がないので、衿やネクタイが多少曲がっていることもある。いつものように梨音はロベルトに近づくと、ネクタイを直してやる。

「いちゃいちゃしてんじゃねーよ。あーあ、オレも早く彼女欲しい！」

「三股かけて別れた女の子達から責められたのに、まだ反省してないのか？」

軽口を叩く英人を黙らせて、ロベルトの背を押す。大変なことばかりが、彼の肩にはたくさんのしかかっているのだ。

少しでも和らげる手伝いができるなら、それだけで自分は十分だと思う。

「頑張って、いい条件勝ち取れよ」

「梨音がそう望むなら、全力で会合に臨もう」

気合を入れてやり、彼の背を見送る。あと何回、こんなやりとりができるのかと考えてしまう。

――無駄なことは考えないようにしよう。

近い将来、自分は彼と離れなくてはならない。この幸せな時間を少しでも楽しく過ごせるように、梨音は不安を無理に心の奥へと押し込めた。


二人の脱走騒ぎから、数日が経過していた。

未だ狙った犯人は分からず、相手組織の見当も分からない。

イタリアのほうはある程度目星はついたらしいが、その組織に関わる人間が来日したという情報がないので、角倉もお手上げ状態なのだ。

しかし一番梨音を悩ませているのは、ロベルトの呪いの件である。先日、角倉とロベルトが呪いに関して相談しているところに偶然出くわしてしまった。

二人は梨音に気づかず話していたので、立ち聞きするかたちになったのだ。

やはりロベルトの狼耳と尾は、かなりはっきりと第三者にも見えるようになってきているらしい。そして夜になると、月光を浴びなくても狼の頭になることが増えている。

結論として、呪いが強くなっているのだと二人の意見は一致していた。

このまま呪いが進めば、いずれ本当の狼になると古い文献に書かれており、さすがにロベルトも危機感を持ち始めている。

どちらにしろ、『運命の相手』がいない以上、滞在していても意味がない。それどころか標的になる確率は高くなる。そろそろ出ていく時だと角倉はロベルトに告げたところで、梨音は耐えきれず寝室に戻ってしまった。

まだ一ヶ月程度しか過ごしていないのに、ロベルトと一緒にいることが当たり前のようになっていた。

彼がいない生活に戻るのは、喜ぶべきことなのに胸が苦しくてたまらない。けれど行くなとも言えず、梨音はできるだけいつもどおりにふるまった。

――夜食も、何回作れるかな。

無料で宿泊させてもらっているお礼に、ロベルトの夜食は梨音の担当にしてもらっていた。

時間があれば、昼夜問わず警護に当たるロベルトの部下にも簡単につまめる食事を用意する。監禁されているとはいえ一緒に生活を続けていれば会話もするし、妙な仲間意識のような感覚も出てくる。ほとんどの護衛は日本語があまり通じないけれど、食事に関しては言葉でなくても通じるものがあるようだ。

いつものようにおむすびとおかずの豚の角煮をトレイに載せて、ロベルトが仕事をしている部屋に入る。

疲れているのか、ロベルトは椅子に座り机に顔を乗せるようにして眠っていた。その顔は完全に狼になっていて、口の隙間からは鋭い牙が覗いている。

——今夜は満月じゃないのに……。

「このままでも、いいと思うけど」

人の体に、狼の顔。明らかに不自然な造形だが、初めて見た時から不思議と怖く感じたことはなかった。

「初めは驚いたけどさ、なんていうか……格好いいんだよな」

眠るロベルトに囁いて、梨音はそっとキスをする。

「会えなくなっても、ずっと好きだよ」

その瞬間、狼の頭が元の人間の顔へと戻った。

「え！」

「どういう意味だ？」

目覚めたロベルトに、梨音は驚いて固まる。人の顔に戻ったことと、聞かれていたという恥ずかしさにいたたまれず、梨音はトレイを机に置くと一目散に駆け出した。

「話を聞け」

「いやだ」

捕まえようとするロベルトの手をすり抜ける。同じ部屋にいても逃げ場はない。

唯一鍵のかかるバスルームへ逃げるには、ロベルトの横を通らなくてはならないので籠城は無理だろう。

――そうだ。

梨音は咄嗟に部屋を出ると、廊下の向かい側にあるフィルミーノの寝室に飛び込んだ。


追いかけてくるロベルトから逃げたくて、梨音はフィルミーノの部屋に入ると鍵をかける。

「梨音！　ドアを開けろ」

「嫌だ」

ドアに凭れるように座り込み、両手で耳を塞ぐ。

——失敗した。

てっきり眠っているとばかり思っていたから、つい気持ちを告げてしまったことを後悔する。

もうここにはいられない。

もう何と言われようと出ていくしかないのだと決めて、梨音が立ち上がったその時、廊下から爆竹《ばくちく》が破裂したような音が立て続けに響く。

何事かと思いドアを開けると、廊下にロベルトが片膝をついた姿勢で腹を押さえていた。その手の間からは血が滴り、瞬く間に絨毯《じゅうたん》へどす黒い染みを作っていく。

「ロベルトっ」

「梨音、そのまま隠れていろ！」

何が起こったのか分からないが、確実なのはロベルトが初めて出会った時のように撃たれたということだ。出ていけば足手まといだと、頭では分かるけど梨音はドアを完全に閉めることができずにいた。

——このままじゃ、ロベルトが。そうだ、角倉さんを呼ぼう。

だが、何かあればすぐに来るはずの角倉の姿が未だに見えない。恐らく襲撃者は、角倉が別の場所にいると知ってロベルトを狙ったのだ。

他にも多くいた護衛も、出てくる気配はない。嫌な予感がして、梨音はドアの隙間から廊下を覗く。

　すると少し離れた場所から、よく知る男が近づいてくるのが見えた。

「バウドさん？　あんた、なにしてんだよ！」

　バウドはロベルトに向かい銃を構えたまま、梨音に視線を向ける。その目は冷たく、感情が一切感じられない。

　ロベルトは何か言っているけれど、再び銃弾を受けて体が完全に倒れてしまう。

「やめろ！」

「味方は寝ている。これから全員殺す、お前もだ」

　片言であるせいか、バウドの声は酷く冷徹に響いた。

「っ……こんなことをしたら、すぐ警察が来るぞ！　いくらマフィアでも捕まる」

「全員殺せば、本国に戻れる約束になっている。大使館には、協力者がいる。だから安心して死ね」

「安心できるかよ！」

　大使館にコネがあったのは、バルツォ家だけではないらしい。

　冷静に考えれば分かることだが、バルツォ家の力が強ければ当然面白く思わない相手も出てくるだろう。

　そんな相手が、大使館に紛れ込んでいても不思議ではない。

　しかし今は、考えている暇などなかった。

相手がなんであれ、ロベルトを守らなくてはならない。梨音は部屋から飛び出すと、ロベルトの盾になるように彼の体へ覆い被さる。

――角倉さんが来るまで、ロベルトが生きていれば。きっとどうにかしてくれる。

「梨音……どけ」

「どかない！　あんたが死んだら、フィルも殺されるんだぞ。家族だって……っ！」

焼けるような痛みが脇腹を掠めた。次に、右足。手と、まるで弄ぶように痛みが続く。

撃たれたと自覚しても、梨音はロベルトの上から動こうとしない。

――マジで死ぬのかな……これじゃ、ドラマの端役だ。

体から力が抜け、全身を悪寒が駆け抜ける。

目の前がくらくらとして、視界が次第に狭まっていく。

――犯した……男……庇って、死ぬとか……最悪……。

心の中で悪態をつくと、ぼやけた視界に狼の頭をしたロベルトが映る。

「……かっこいい、あんたを見て死ねるなら……いいかな……」

「喋るな。私はお前を死なせはしない」

倒れていたロベルトが起き上がり、ぐったりとした梨音の体を廊下の端に横たえた。意識は辛うじてあるが、呼吸をすることさえ億劫になってくる。

「ろべ……ると……」

名を呼ぶと、返されたのは狼の唸り声だ。聞いたことのないそれは、まるで地獄から響く咆吼《ほうこう》のように低く恐ろしい音だった。

対峙するバウドは、それまでの落ち着いた様子から一変して明らかに狼狽えている。イタリア語で何か叫んでいるが、梨音には彼の言葉が分からない。

そうする間にも、ロベルトがバウドに近寄っていく。

バウドはロベルトに対して拳銃を向け、正面から何度も撃つが止めることはできない。いや、弾は貫通せず、ロベルトに当たるとそのまま絨毯の上に落ちて転がる。

──CG、かな?

現実離れした光景を、梨音はぼんやりと眺めていた。呼吸は苦しいけれど、意識のあるうちはロベルトの姿を見ていたい。

弾切れになり、真っ青になって逃げようとするバウドの腕を掴み、ロベルトが捻《ひね》り上げた。絶叫と呼ぶに相応《ふさわ》しい悲鳴を上げてバウドが崩れ落ちる。

しかしロベルトは、今度はバウドの脚を踏みつけた。鈍い音と共にバウドが泣き叫び、がくりと頭が垂れる。

「失神したか。残念だが、狼男に普通の弾丸は利かない。私が呪いを受けたと信じていなかったことと、梨音に傷をつけたことが敗因だ」

動かなくなったバウドを一瞥《いちべつ》し、ロベルトが戻ってくる。抱き起こされた梨音は、最後の力を振り絞って笑みを作る。

「……ロベルト、怪我は……？」

「狼男には、銀の十字架を溶かして作った弾丸しか利かない。実際、私の体はこのとおりだ。今時、こんな迷信を知ってる奴はいないだろうがな」

「よかった」

彼が無事だと分かると、途端に瞼が重たくなってきた。息苦しさと急激な眠気が襲ってきて、梨音の意識は朦朧《もうろう》とし始める。

「まだ目を閉じるな」

これから死ぬのだと梨音はぼんやりと思う。けれど不思議と怖くなかった。むしろ彼の体温と鼓動を近くに感じて、安心する。

「私を信じてすべてを預けてくれるか？」

「……うん……」

簡単な会話ですら、ぼんやりとする頭は彼の言葉を理解しようとしてくれない。ただ必死に訴えかけていることは声音で分かったので、梨音は小さく頷き、閉じかけた瞼を上げる。

もう指一本動かすのも億劫なほどだ。梨音は見つめてくる狼の顔を、優しく見つめ返した。人生最後に見た相手が狼男だなんて、まるで映画だと人ごとのように考える。

「梨音。私の力を与えよう」

そう告げるとロベルトは、徐《おもむろ》に舌で梨音の傷を嘗め始めた。

——くすぐったい。

体の感覚も鈍っているのか、傷の上にざらりとした舌が這わされてもゆるい愛撫のようにしか感じない。

無意識に身を捩《よじ》って逃れようとするが、ロベルトの腕はびくともしない。

「大人しくしていろ。まあ、嫌がる気力があるなら安心だな」

優しい声に苦笑が混じる。

腕や脇腹、特に出血の酷い脚は丹念に舌が這わされる。大人しくされるままになっていると、次第に呼吸が落ち着いてきて、視界も元に戻り始めた。

自分の体に明らかな変化が生じたと気づいたけれど、理由が分からない。

「嫌っていうか、くすぐったくて……って。あれ？　痛くない」

「流した血までは戻せないから、まだ動くな」

貧血からくる手足の痺れがあるけれど、痛みは完全に消えて意識もはっきりしている。

「ロベルトが、治してくれたの？」

「これも狼の力らしい。初めて使う力だから不安だったが……お前が生きることを諦めずにいてくれて、よかった」

優しく抱きしめてくれるロベルトに、梨音は頬をすり寄せる。

ふと顔を上げると、いつの間にかロベルトは人間の顔へ戻っていた。

「狼の顔も、人の姿も。ロベルトは格好いいな」

極限状態にあったせいか、これまで口にできなかったことがすらすらと言葉にできる。ロベルトは安堵した様子で微笑み、梨音を彼の部屋へと連れていき、ベッドに横たえた。

「後始末は私と角倉で行う。お前はここで休んでいろ」

「うん。あ、フィルは？」

言うとロベルトも気になったのか、奥の間にあるもう一つの寝室に入る。そして程なく、首を横に振りながら出てきた。

「弟はまだ夢の中だ。以前から眠りが深いと知っていたが、あの様子だと気づいていない」

「だったら、そのまま。何も教えないでいてよ。起きたら俺が、みんな急な仕事が入って忙しいって話すからさ」

さすがと言うべきか、フィルミーノもまたバルツォ家の跡取り候補なのだと、変に納得してしまう。

「そうだ俺、フィルの側で寝るよ。そうすれば起きた時に、すぐ話ができるし」

ロベルト達は色々と忙しくなるだろう。いつもなら角倉がうまく誤魔化すだろうけれど、今回は彼も本来の仕事に専念しなくてはならない。

ロベルトは少し考えてから頷き、再び梨音を抱き上げるとフィルミーノのいる寝室に運んでくれる。

「分かった。ただし目が覚めたら、スマートフォンで私に連絡をしろ」

「うん……」

すべて彼に任せていれば、きっとうまくいく。そんな思いを胸に抱いて、梨音はフィルミーノを起こさないように気をつけながら同じベッドに潜り込んだ。


「申し訳ありません」

ソファに座るロベルトと梨音の前に立ち、深々と頭を下げているのは角倉だ。秘書達のまとめ役として、ロベルトに仕える部下を選ぶのも彼の仕事だから、今回の件は彼に責任がある。

そのとおりではあるけれど、バウドの履歴に関しては他の幹部達も気づかないほど巧妙に作られていたらしい。

「お前だけの責任ではないのは、私も理解している。父の代からいる秘書長ですら、あの男が偽名だと見抜けなかったんだからな」

「しかし、もっと言動をよく観察していればこんなことには……私は秘書として失格です」

「角倉さん、そんな思い詰めなくても」

放っておけなくて思わず口を挟むと、角倉は力のない笑みをみせる。

「お気遣い、ありがとうございます。ですが、次期当主であるロベルト様に怪我をさせた上に、一般人である笹原様まで危険に曝す結果になってしまいました。相応の処罰は覚悟しております」

なにやら物騒な雰囲気に、梨音はロベルトを見やる。しかしロベルトは、梨音が口を開く前に首を横に振る。

「こちらの世界では、失態を犯した者に温情は与えない。今回は私と梨音、そしてフィルや下手をすれば他の家族にも害が及ぶ危険があった。お前一人の責任ではないとしても、処罰は免れない」

「そんな……」

深い溜息をつくロベルトと、直立不動のまま言葉を待つ角倉を交互に見つめ、梨音は自分に何かできないかと考えるが、なにも思い浮かばない。

マフィアである彼らの世界を垣間見てしまったからこそ、軽率な言動はできないと思い知る。

「角倉。お前には命をもって、償《つぐな》ってもらう」

「はい」

「ちょっと待てよ！　ロベルト、考え直して……」

どういう意味かくらい、梨音でも想像がつく。だが、その言葉に、平然と頷く角倉の気持ちは理解できない。

これが映画ならジュースを片手に見ていられるけど、目の前で起こっているこれは現実なのだ。

「梨音、私たちは厳しい掟を作り、それを守ることで家族や部下達、そして慕ってくれる人々を守ってきた」

「いや、でもさ。角倉さんは一生懸命やってくれてたんだし。バウドに手を貸したわけでもないんだから、やりすぎはよくないって！」

確かに、今回は角倉のミスだろう。けれど相手だって、ロベルト側に刺客を送り込み、護衛の地位を得るまで忍ばせるという長期計画を立ててきたのだ。

それを見破れなかったことは、角倉だけの責任ではない。

「たとえ角倉といえど、特別扱いはできない」

一呼吸置き、ロベルトが静かに告げる。

「角倉修。お前は今後、私とフィルの盾になれ。そしてその場に梨音がいる場合は、最優先で梨音を庇え。分かったな」

「ロベルト様……？」

角倉も処罰とは私刑を覚悟していたらしく、彼の命令に驚いた様子だ。

「命をもって償えと言っただろう。生涯お前は、その身をバルツォ家を守るために捧げるんだ。

お前に自由意思はない」

ある意味、酷い命令だ。これがごく普通の人生を歩んできた人ならば、受け入れがたいことだろう。

しかし角倉は、ロベルトの秘書となった時点で人生を捧げていると梨音にも話していた。

——よかった。

ほっと息を吐くと、ロベルトが苦笑交じりで肩を竦める。

「命を無駄にするより、効率よく使うほうを選んだだけだ」

「……素直じゃないんだから」

「ありがとうございます」

「分かったらさっさと後始末をして、フィルの機嫌を取ってこい」

もう一度頭を下げて出ていく角倉の目に、うっすらと涙が浮かんでいるのを梨音は見逃さなかったけれど、あえて気づかないふりをする。

ともかく、これで今回の狙撃事件は収束したのだ。これでロベルトも、安心して『運命の相手探し』に取りかかれる。

「よかったな」

「梨音？」

「もう邪魔は入らないんだろう」

「ああ、そうだ」

あっさり肯定されると、涙も出てこない。彼は最初から、呪いを解くために日本へ来たのだから、当然といえばそのとおりだ。

「……目星はついてるのか？」

「当然だ。私の目に狂いはなかったぞ」

心から嬉しそうにしているロベルトに、とても自分の気持ちを打ち明けることなんてできない。

——今更、好きだなんて伝えても困らせるだけだし。

所詮、自分とロベルトは体だけの関係だ。

あの夜、偶然出会い、勢いで犯された結果、意外に相性がよくて気に入られてしまっただけの、即物的な繋がりでしかない。

少し迷ってから、梨音はどうにかして彼の側にいられないかと聞こうとしたけれど、ただの学生でしかない自分が、役に立つとは思えない。

むしろロベルトにしてみれば、セックス以外利用価値のない梨音を側に置くのは邪魔だろう。

——丁度よかったんだ。

出ていくタイミングとしては、申し分ない。何か引き留めるようなことを言われたら、こんな恐ろしいところにはいられないと説明すればいいだけだ。

「これで、一件落着だな」

そう言って、梨音は自分からロベルトの額に口づける。呆気にとられた顔をしているロベルトに、梨音は平静を装って笑ってみせた。

「じゃあ俺、そろそろ行くから」

「どこへ行くんだ？」

「テストが始まるし、レポートもあるから、いい加減ホテル暮らしはやめようと思ってたんだ。部屋は英人が『大学の寮に空きが出たから、仮住まい』ってことで押さえてくれてさ」

嘘は言っていない。

ホテル暮らしは快適だが、集中して勉強するには不向きな場所だ。

「そうなのか……」

残念そうだけれど、引き留めようとしないロベルトを前にして内心やっぱりと思う。彼は梨音を気に入っていたのは事実だろうけど、ただそれだけだ。

必要としているのは『呪いを解く、運命の相手』なのだから仕方ない。

――呪いは解けかけてるみたいだし。近くにその運命の相手ってのがいるんだろうな。

その相手がどんな人物なのか梨音には想像もつかないが、きっとロベルトとお似合いの美人だろうと勝手に考える。

「じゃあ、荷物まとめたらすぐ行くからさ」

「梨音、食事くらいしていけ」

「……英人と約束があるから。それじゃ」

約束なんてない。

これ以上側にいたら、未練がましいことを口にしてしまいそうだから、早く出ていきたいだけだ。

梨音はソファから立ち上がると、振り返らずに部屋を出ていった。


まるで映画のような騒動から、一ヶ月が過ぎた。

以前と同じではなくなったけれど、梨音も大分落ち着きを取り戻し、表向きはごく普通の大学生活を送っている。

とはいえ本当のところ、梨音はかなり落ち込んでいた。

街を歩いていても、ロベルトと似た外国人を見かけると無意識に目で追ってしまうのは日常茶飯事。

テレビでスイーツの特集が流れればフィルミーノの笑顔と、弟を見守るロベルトの眼差しを思い出してしまう。

今日は大学の講義が終わったあと、英人に引っ越し先のアパートに送ってもらうことになっていた。三日前に突然告げられ少し慌てたけれど、慣れない寮生活から脱出できるのは正直ありがたかった。

寮は新しいアパートに移るまでの仮住まいだったから、荷物はほとんどない。

あらかじめ英人の厚意で荷物は新居に運んであるから、梨音は貴重品の入ったボストンバッグを抱えて車に乗り込む。

「中途半端な時期だけど、決まってよかったよ。ありがとな、英人」

「いや、お礼なら探してくれた人に言ってくれ」

「え？　英人が探したんじゃなかったのか？」

ホテル暮らしの間のブランクを取り戻すため、教授に頼んで補習をしてもらっていた梨音に代わり英人が不動産屋巡りをしたのだと思い込んでいた。

「オレは手伝っただけ。うちもそれなりに金があるって自覚してるけどさ、やっぱマジモンのセレブは違うね」

「セレブ？」

父親が大学の理事長を務めている関係で、英人も幼い頃から政財界のパーティーなどに出ていたのは知っている。一般家庭よりも裕福な暮らしをしており、垣間見えることもあるが嫌みに感じない。

それはひとえに、彼の明るい人柄のお陰だろう。

だから時期外れの部屋探しも、不動産関係に詳しい彼の友人が手伝ってくれたのだろうと勝手に解釈する。

「お礼しないとな。って言っても、俺なんかじゃ大したものは用意できないけど」

「気にするなって。先方は、お前の喜ぶ顔が見られれば十分だろうしさ」

何故か苦笑する英人は、学生マンションが集まる地区を抜けて、それなりに高い家賃を要求されるだろう区画へと入っていく。

このあたりなら大学までは交通の便はいいし、買い物も楽だ。しかし金銭面では、明らかにキャパオーバーと分かる。

「こんなところに、ワンルームのアパートなんてあるのか？」

どう見ても高級マンションの前で車が停まり、英人が下りるように促す。

「いい加減、気づけよ。ずっとうじうじ暗い顔されてたから、それなりに罪悪感があるんだよ」

「……気づいてたのか」

「いや、普通気づくぞ。ゼミの連中だって、お前がずっとふさぎ込んでるからすごく心配しててさ。寮の食堂にも顔出さないって話を聞きつけた後輩の女の子が、弁当作ってきてくれたりしただろ？」

確かに先週あたりから、女子がローテーションでわざわざ寮までお弁当を届けに来てくれてはいた。申し訳ないと断ってからは回数は減ったものの、何人かはまだ続いている。

「作りすぎたって言ってたから。心配してくれてるとは、思わなかった」

そう答えると、どうしてか英人はハンドルの上に突っ伏す。

「落ち込む原因作ったのがオレだから、仕方ないんだけどさ……この機会に、お前に近づこうって魂胆の子がいるんだよ。梨音、気づいてなかっただろ」

まだロベルトに対して恋心があることまで知られていると分かり、梨音は赤面するが英人の気遣いは素直にありがたいと思う。

「さりげなく無駄だって牽制したんだけど。その前にもっと面倒な相手の耳に入ってさ。それで急遽引っ越しが決まったってわけ」

「原因？　英人、なんかしたっけ？」

「早く距離置け、とか言っただろ。とにかく中に入れば事情は分かるからさ。これがエントランスの暗証番号で、こっちが鍵。複製できないから、なくすなよ」

何が何だか分からないまま番号が書かれたメモと特殊な形状の鍵を渡され、梨音は車から降ろされた。

仕方がないので、三階建ての低層マンションに入り、エントランスに備えつけられている番号キーで扉を開ける。

——なんだこれ。

大理石の床に、ホテルのフロントのような玄関。受付には真面目そうなガードマンが立っており、梨音に頭を下げてくる。思わず挨拶を返してから、鍵に書かれた部屋へ通じるエレベーターへと乗り込んだ。

「家賃、どうしよう」

仕送りとバイト代を合わせても、絶対に足りない。

こんなことなら英人に任せきりにせず、自分で探したほうがよかったと後悔する。しかし、梨音が出せる範囲の家賃額を知っているはずの英人が、何故こんなマンションの契約をしてしまったのか理由が分からない。

梨音は最上階の端にある部屋まで来ると、鍵を差し込もうとした。が、その前に内側からいきなりドアが開く。

そこには、一ヶ月前に別れて以来、一切連絡を取っていなかった男が立っていた。

最後に会った時よりも心なしか痩せており、顔色も悪い。

「ロベルト、どうして……えっと、目の下、すごい隈《くま》だけど。寝不足？」

自分でも場にそぐわない、とんちんかんなことを言っていると自覚があった。でも核心に触れるのが怖くて、僅かに本題からずれた質問をしてしまう。

「手狭だが、お前の友人が広すぎないほうがよいと助言してくれた」

けれどロベルトは梨音の問いには答えず、むっとした顔で梨音を部屋に引き入れる。

「メールも電話もいきなり通じなくなって、心配していたんだぞ」

玄関で抱きしめられ、梨音は持っていたバッグを落としてしまう。

ホテルを出てすぐに、梨音はロベルトへの未練を断ちきろうとしてその足でスマートフォンを解約しに行ったのだ。

新しい番号を友人達に連絡し終えてから、心にぽっかりと穴が開いたような気持ちになったままだった。

「だって……俺はもう、必要ないはずだろ。だから……」

そのあとは、言葉にできなかった。酷く胸が痛んで、ロベルトに会えず泣いた日々が思い出されて息が苦しくなる。

なのに口からは、素直に再会を喜ぶ言葉が出てこない。

こんな時、なんと言っていいのか分からなくて、ただ頭の中が真っ白になる。抱きしめ返すこともできず、梨音はロベルトの腕の中で身動ぐ。

「放せよ……」

「駄目だ。そんなに、私が嫌いか」

「どうして、そういうふうに言うんだよ」

「酷いことを言ってすまなかった。ずっと梨音に会いたかった」

「別に、俺は……会いたくなんて……いや、でも。だから、そうじゃなくて」

気恥ずかしさが先に立って、どうしても素直になれない。

一度深呼吸をしてから、梨音は呟く。

「顔が見えないから、力ゆるめろ」

慌てたように腕がゆるみ、梨音が顔を上げるとロベルトと視線が合わさる。そのまま互いに何も言わず、ロベルトの手が梨音の頬を包み、自然と唇が重ねられた。

なのに、口元に笑顔一つ作れない。キスが終わったらまた酷いことを言ってしまいそうで、梨音は自分が情けなくて泣きたくなる。

梨音の願いも虚しく、口づけが終わる。何を言われるのかと身構え、梨音は唇を噛む。

しかしロベルトが発した言葉は、予想していないものだった。

「一緒に暮らそう、梨音」

梨音は自分の耳を疑った。

ずっと聞きたかった言葉だけれど、それは自分に向けられるべきものではない。

「……っ……どうして……。俺が側にいたって、邪魔なだけだろ。いきなり、そんな……困るよ」

散々悩んで、ロベルトを忘れようとしていたのに、こんなあっさり現れて、何事もなかったかのようなことを平気で言うロベルトの考えが分からない。

「本当はもっと早く迎えに来たかったんだが、両親に呪いが解けたことを報告したり、フィルを一度国に帰したりと忙しくて。一ヶ月かかった」

「呪いって、解けたのか？」

「梨音のお陰だ。まだ完全ではないが、いい方向に向かっている」

言われてみれば、ロベルトの耳は以前よりも薄く透けており、存在感が消えかけていた。

やはりロベルトの呪いを解くために相応しい人物が見つかったのだと実感する。

自分はその相手を見つけるまでの、性欲のはけ口でしかなかったのだから、やはり離れるべきだと梨音は思う。

「よかった。じゃあ、俺じゃなく『運命の相手』と一緒にいたほうがいいだろ？　……その、愛人とか、そういうのってよくないと思うし。相手にも失礼になるしさ」

体の相性がいいのは、互いに自覚している。ロベルトの立場からすれば、愛人の一人や二人を囲うことも可能だろう。

けれど、それは『運命の相手』に対して失礼極まりない行為だ。

「愛人？　そんな相手を作る気はないぞ。まさか、まだ分かっていないのか。私の運命の相手は、梨音、お前だ」

一瞬、梨音は何を言われたのか理解できず、まじまじとロベルトを見つめた。

「……うそ」

「狼頭の時の私を見ても怯えずキスをし、命をかけて守ろうとしてくれただろう？　『祝福』とは運命の者の命を分かち合うことだ。私が梨音の血を何度も嘗めたことで『命を分け与えた』と解釈されたのだろう。話してなかったか？」

「聞いてない！　でもそれなら、どうしてすぐ呪いが解けなかったんだよ」

「古い呪いだからな。時間差でもあったのだろう」

そんな適当な、と梨音は呟く。

けれど同時に胸の奥からこみ上げてくるものがあった。自分がロベルトと共にいていいという正統な理由が与えられ、嬉しいという気持ちはある。

だが、情報が多すぎて梨音は混乱する。

「ともかく、私は初めからお前が相手だと気づいていたぞ。何しろ初めてのセックスは、発情状態で行えただろう？　これが一番の証拠だ。お前とのセックスの間は、必ず甘い香りが漂っていたはずだぞ。気づかなかったのか？」

「匂いは気づいてたけどさ……」

素直に喜べず、梨音はロベルトの胸を叩く。

「ロベルトの馬鹿っ、悩んだ俺が馬鹿みたいじゃないか」

「すまなかった」

ぽろぽろと零れる涙を、ロベルトが唇で拭ってくれる。

「何も説明されてないのに、気づくわけないし。それ以前の問題だろ！　そういう大切なことは、もっと早くに言えよ」

こんな後出しをされて、はいそうですかと頷けるはずもない。せめて説明してくれていたなら、この一ヶ月はロベルトとの別れに苦しむこともなかった。

文句は山のようにあるけれど、何から訴えればいいのか分からない。そんな梨音に構わず、ロベルトは更にとんでもないことを打ち明けた。

「ただし、呪い自体があやふやなのは解け方にも出ていてな。時々狼の部分を解放しないとまた無意識に出てしまう。だが梨音がいてくれれば、大分落ち着くはずだ」

「……つまりさ、それって俺が狼の顔になったあんたにキスして元に戻したり、……セックスしてガス抜きしないと、耳や尻尾が出るってこと？」

「そんなところだ」

にこやかに笑うロベルトは、とても嬉しそうだ。

梨音もロベルトの側にいなければならないというお墨付きを得られたわけだが、素直に喜べない。

「ともかくだ。これで私は、梨音と共に暮らせる」

「それってさ、俺が呪いを完全に解くために必要だからだろ。別に……」

最後まで言う前に、ロベルトが再び梨音を引き寄せ口づけた。そして抱き上げると、キスをしたまま室内に運んでいく。

ロベルトが既に運び込まれていた広いベッドに梨音を下ろし、肩を押さえつける。

「お前は私のものだ、梨音」

「俺はものじゃない」

「では番《つがい》というか？　伴侶？　日本語ならば夫婦がいいか？」

恋人という選択肢をすっ飛ばした単語の羅列に、梨音は真っ赤になる。

「なんなんだよ、それ！」

「恋人の期間は、既に堪能しただろう？」

まさか、ホテルで過ごした時間が恋人として気持ちを深めていく過程だったのかと、梨音は考え方の齟齬《そご》に気づき呆れかえった。

「私は梨音が欲しい。運命の相手でなくとも、手に入れるつもりでいた。その気丈な心、強い眼差し。何もかもが私の心を揺り動かす」

芝居のような言葉に、何と返事をしたらいいのか分からず黙ると、ロベルトは梨音が恥じらっていると解釈したようだ。

「そうやって大人しくしている姿も格別に愛らしい。梨音、今日からは誰に気兼ねすることもなく、二人きりで睦み合えるぞ」

「フィルや角倉さんがいても、全然遠慮なんてしてなかっただろ！　……っあ」

シャツ越しに胸を撫でられて、梨音は身を捩った。ロベルトと離れてから自慰すらしていなかった体は、彼の体温を感じただけで既に煽られている。

「辛かっただろう？　今夜は梨音が満足するまで抱いてやろう」

「い、い……から、どけ……っ」

しかし口づけと軽い愛撫だけで、腰の奥が甘く疼き始めているのは事実だ。ろくな抵抗もできないまま、梨音は衣服を取り去られてしまう。

そしてロベルトも、わざと見せつけるようにしてスーツを脱ぎ捨てた。

まだ明るい時間帯で、カーテンも開いている。逞しい体と、既に勃起した中心を見せつけられて梨音は無意識に息を呑む。

体はもう、あの硬い雄で抉られる快感を覚え込んでしまっているのだ。

「梨音、膝を立てろ」

「いや……」

言葉とは反対に、梨音の体は魔法にかけられたみたいにロベルトの言葉に従う。膝を曲げて脚を広げ、恥ずかしい部分を彼の眼に曝す。

無防備な姿で横たわる梨音の体を、ロベルトは手と唇で優しく撫で上げる。

「甘い香りが強くなったな。分かるだろう？」

「……んっ、ふ」

これまでとは違う、むせかえるような甘い香りに体が疼く。下腹部だけでなく、全身が酷く敏感になり、触れられているだけで甘くイッてしまう。

「あっあ……うそっ」

反り返った自身から、薄い蜜がとろとろと零れる。首筋から乳首、わざと中心を触らず後孔を指で弄られて梨音は甘く鳴いた。

「ここは、私が欲しいんだろう？」

解してもいない最奥に、先走りで濡れた切っ先があてがわれた。梨音が止めようとする前に、ロベルトが腰を進めてくる。

「やんっ」

くぷりと音を立てて、張り出したカリまで一気に飲み込んでしまう。信じられないほど媚びた声が零れ、梨音は羞恥に首を横に振る。

「うそ、うそだ……やめっ……あん、ぁ」

肉襞の感触を確かめるように挿ってくる雄に、梨音の腰はひくひくと痙攣を繰り返す。根元まで埋め込まれる頃には、内部はすっかり熟れて硬い欲望をしっかりと食い締めていた。

「も……うご、くな……ぁ」

深い場所を肉の笠で抉られて、腰が揺れる。

覚えてしまった快楽に、体は抗えない。繰り返される甘《あま》イキに、梨音は拙く腰を振って、より強い刺激を得ようとする。

しかしそれもロベルトは見透かしているようで、あと少しというところで快楽をはぐらかされてしまう。

もどかしく焦れったい抽挿に、梨音は涙目になってロベルトの背に爪を立てた。

「頼む、から……して……」

「動くのは嫌なんじゃなかったのか？」

「いいから、もっと欲しいっ……あっ」

埋められた雄が、内部で質量を増す。まるで杭のようにしっかりと塡められた性器に、梨音は悦びすら覚えた。

「ひっ」

繋がったまま、体を起こされて梨音は悲鳴を上げた。

咄嗟にしがみつくと、胡座《あぐら》をかいたロベルトの上に座り込むかたちになり、より深い場所に彼の雄が入り込む。

「やだ、ぁ。う」

奥を捏《こ》ねるように腰を回され、淫らな快楽に体が震える。

梨音は自分から口づけをねだり、より深い快感に身を任せた。舌を絡ませる濃厚な口づけを交わしながら、内部を蹂躙される。

痛みはなく、甘い刺激ばかりが全身に広がり、梨音は軽い絶頂を何度も迎えた。

「梨音」

優しい声で呼ばれて、体が熱くなる。

もうロベルトと離れなくていいのだと思うだけで、胸の奥がギュッとなって涙が零れてしまう。

「どこか痛むのか？」

「違う……ロベルト、もっと俺を抱きしめてほしい……俺が必要なら、何でもするから……」

「なにか、勘違いをさせてしまったようだな」

頬に口づけられ、大きな掌が梨音の頭を撫でる。

「私は梨音を愛しているから、側に置きたいんだ。これからは、私とだけ愛を分かち合ってほしい」

「ど……して、こんな時に、言うんだよ。ばか……っ」

快感で頭の中がぐちゃぐちゃになっているところへ、蕩けるような告白をされてどうしていいのか分からない。

「梨音は？」

「っ……好きだよ。好きっ……あっ、ロベルトすきっ」

腰を揺すられて、梨音は蜜を放つ。告白をしながら上り詰め、体も心もロベルトでいっぱいになっていく。

「あっ、奥ばっかり……だめっ」

「そう言うわりには、締めつけているぞ」

「だって、体が……勝手に、あんっ……ぁ」

必死にしがみつくと、ロベルトがあやすみたいに背中を撫でて抱き返してくれる。

「愛している、梨音」

優しい響きに安堵して、梨音は泣きながら頷く。

「俺も……すき」

「何があってもお前を守る。私の大切な、運命の恋人」

誓いの言葉を告げながら、ロベルトが梨音の手を取り指先に口づける。

「運命って、そんな」

「本当のことだろう」

大げさだと思うけれど、ロベルトの表情は真剣そのものだ。甘い悦びを体と心で受け止めながら、梨音はやっと心からの笑顔をみせた。

ケモミミマフィアと
新婚生活?!
CROSS NOVELS

「――そろそろかな」

リビングでレポートの作成をしていた梨音《りね》は、壁掛け時計を見上げる。

時刻は午後十時半。

これまで住んでいた六畳のアパートや、風呂まで共同のコンパクトな学生寮と違い新しいマンションはキッチン、リビングに寝室、広いバスルームは当然トイレとは別の造りになっている。ついでにロベルトの書斎に、ウォークインクローゼットまである広い物件だ。

子持ちの家族で住んでも十分すぎる広さだと思うけど、ロベルトが言うには基本的には独身向けの部屋らしい。

十畳ほどのリビングで毛足の長いラグへ直接座り、ノートパソコンとにらめっこしていた梨音はうーんと伸びをして立ち上がる。先程、ロベルトからメールで仕事先を出たと連絡があったから、夕食の準備をしておいたほうがいいだろう。

「雑炊と、きんぴらごぼうでいいかな」

夕食は食べてきているはずだけど、ロベルトは帰宅すると軽いものでいいから夜食が欲しいと梨音にねだるのだ。

確かに外食ばかりでは栄養面が気になるし、梨音としてもできれば野菜を多く取ってほしい。なかなか一緒に食事ができないので、夜食は貴重なビタミン摂取の時間でもある。

こうして二人で暮らすようになってから、既に十日が過ぎていた。ホテルに監禁されていた頃からロベルトが多忙だと知ってはいたけれど、二人きりになると更に忙しくなったように感じる。

理由としては、ホテルでは常に角倉《かどくら》が秘書として細かなスケジュール管理をし、状況的にもロベルトは必要最低限の仕事しかできなかったという理由が挙げられる。

しかし『呪い』や『襲撃者』の脅威が去った今、仕事に集中できる環境が整ってしまったのだ。

結果として社長であるロベルトは、慣れない日本支社ですべての業務をこなしている。

「マフィアって、忙しいんだな」

正直なところ、ロベルトの仕事はまっとうな貿易関連のものだ。取り押さえたバウドを大使館経由でイタリア警察に引き渡して以降、二人の周囲では物騒な事件は起こっていない。それなりに護衛はついているらしいが、あからさまに他者を威圧するような黒服の姿は見なくなった。

現在、マフィアの主な仕事は、危険なことはせず人間関係を取り持つことらしい。抗争は最終手段で、ロベルトが狙われたのはバウドを送り込んだ側が好戦的なファミリーだったからだと説明されたが、そもそもそんな物騒な世界の決まり事なんて知らない梨音にはよく分からない。

とりあえずバルツォ家は全体の方針として、殺しだの何だのと物騒なことに手を染めるより、マフィア間のパワーバランスを調整しつつ一般企業に紛れ込んで収益を上げる方向へ転換したのは理解した。

しばらくすると、玄関のドアを開ける音がしたので梨音はやっと帰宅したロベルトを出迎える。

「お帰り」

「まだ寝ていなかったのか」

「心配だったんだよ。えっと……そろそろ満月が近いし」

本当は、疲労で倒れないか心配だったけれど、それは口にできない。

「優しいな」

「別に……ほら、ロベルトの家族だって心配するだろ」

実際問題、ロベルトの呪いは完全に解けたわけではないのだ。梨音が側にいることで緩和されてはいるが、まだ瞬間的に頭が狼になる可能性は高い。

ジャケットを脱がせてリビングに入ると、ロベルトが梨音を抱きしめてくる。首筋に唇を寄せて襟足を軽く噛む仕草は、まるで狼だ。

これも呪いが残っているせいなのか、それともわざとやっているのか梨音には判断がつかない。ただ分かるのは、こうして触れられると自然に下腹部が熱くなって甘い香りが漂い始めるということ。

「家族、か。そうだ梨音、次の長期休みにイタリアへ来い。フィルも会いたがってる」

「旅行？　パスポート取らないと」

梨音がホテルを出た数日後に、フィルミーノと角倉はイタリアに戻ったと聞いていた。フィルミーノは大分駄々をこねたようだが、ロベルトの『運命の相手』が見つかった以上、日本に滞在する理由はなくなった。

ロベルトも一時帰国したが、長期間梨音と離れているのは問題と説得して、単身渡日をしたのである。

――フィルにお土産買わないと。ロベルトの家族にも、何か手土産あったほうがいいよな。

そんなことを考えていると、ロベルトが予想もしていなかったことを言い出す。

「お前を私の番《つがい》として家族に紹介する」

「つがい……番っ?」

「伴侶、パートナー。それともやはり夫婦か? 呼び名は何でも構わないが」

「そうじゃなくて」

一方的に物事を決めるのはいつものことだが、今回はどうも様子が違う。再会後、今後について話し合った時も不機嫌だったから、原因は大体察することができる。

「あんたが言いたいことは分かる。けど俺は、就職活動をやめるつもりはないから」

「まだ私の伴侶になるのを拒《こば》むのか」

「違う!」

否定しようとしたその時、カーテンの隙間から月の光が差し込み二人を照らす。

「あ……」

「呪いはほぼ消えたが……今のお前には、まだ私の顔が狼に見えるのだろう。お前が私と離れれば、呪いは再び力を増すだろう」

彼の言うとおり、梨音には彼の顔が狼に見えていると視線で気づかれてしまう。確かに今は、月の光を浴びても変化することはない。

しかしロベルトが言うには、気を抜くと僅かだか顔が狼に変化する瞬間が生じてしまうらしい。

「ロベルト、聞いてほしいんだ」

両手を伸ばし、梨音は彼の頬を包み込む。密集した毛の中に指先が埋まり、ついもふもふとしてしまいたくなる衝動を堪えて、梨音は真面目に告げる。

「俺が就職したいのは、あんたの経営している会社だ。実力であんたの側に行けるように努力する」

「お前はいつも突然だな」

――……あんたに言われたくない。って言ったら喧嘩になるから、我慢……。

ロベルトの言い分も聞かず、一方的にホテルを出ていったことを暗に責められてるけれど、梨音は無視して話を進めた。

「試験に落とされたらどうするつもりだ」

「そうなったら、申し訳ないけど清掃係とか……あんたの側にできるだけいられる枠で雇ってほしい。バイトでも構わない」

「何故そこまでしてくれる？」

「あんたの側にいたいから、努力するって言ってるんだ。でも、できるだけコネは使いたくない」

無理を言っているのは、梨音も分かっている。たとえバイトでも、正規の手順を踏まずに働かせてほしいと頼むのは狡《ずる》いことだ。

けれどだからといって、何もせずただロベルトの側にいるだけというのは梨音のプライド的に納得できない。

「そこまで決めているのなら、私も止めはしない。しかし入社試験に落ちたら、専属の雑用係になってもらう。梨音には、側にいてもらわないと困るからな」

「分かった」

もしコネで入れてもらうことになれば、それなりに過酷な仕事を与えられるのは覚悟している。ただ梨音としては、ロベルトの側で働けるならどんなことでもするつもりでいた。

梨音が即答すると、ロベルトの目が細められる。表情筋が人間のそれと違うけれど、彼が笑ったのは分かる。

「ロベルト？　なに」

「話は終わっただろう。いい加減、我慢をするのに飽きた。お前も私と交尾をしたいだろう？」

いきなりソファへ押し倒された梨音は、覆い被さってくるロベルトを睨《にら》む。

「だから、その言い方やめろって……ぁ」

「お前がこの顔を好きだと言うのなら、悪い気はしない。それにこの姿で抱き合うのだから、交尾や番と言ったほうがお前も興が乗るだろう」

「そんなことない」

「強がっても、香りで分かるぞ」

日中は完全に狼耳と尾は消えているが、こうして互いに気持ちが高ぶると自然に体が反応してしまう。

「満月が近くなると、昼でもお前を抱きたくて本能が止められなくなる。今日も理性を保つのに、随分力を使った」

「待ってよ、あんたの夜食……」

「まずはお前から食べたい」

狼の舌が、梨音の唇を嘗め上げる。ざらりとした感触は、怖いけど心地よい。首筋を嘗めながら、ロベルトが梨音のパジャマをはだけていく。

もう無理矢理破いたりはしない。逆に丁寧な愛撫を施しながら肌を暴いていくので、すべてをさらけ出す頃には梨音の息はすっかり上がっていた。

リモコンで灯りを消すと、月明かりの中に狼の顔が浮かび上がった。

艶やかな毛並みの、美しい獣の姿に梨音は見惚れる。

「梨音」

唸《うな》り声混じりで名前を呼ばれると、背筋がぞくりと粟立つ。

「お前は本当に、この顔が好きだな」

「……誤解がないように言うけど。狼の顔も、普段のロベルトも……格好いいと思ってるから」

恥ずかしくて、ふいと視線を逸らす。

好きだからこうして同棲をしてるけど、まだ素直になりきれない自分が時々嫌になる。子供じみた強がりだと理解しているが、恋愛に疎《うと》い梨音はどうしていいのか分からないのだ。

「久しぶりに、獣の交尾をするか」

「えっ？」

答える間も与えられず、梨音は俯《うつぶ》せにされた。背後から腰を摑まれ、背筋が歓喜でぞくぞくする。

いつの間にかロベルトも服を脱ぎ捨てていて、彼の素肌が梨音の背にぴたりと添えられた。そして首筋に、柔らかな毛並みと牙が触れる。

「あっ」

先端があてがわれると、自然に下半身から力が抜ける。これまで散々抱かれてきた体は、雄の熱と甘い香りに反応して、受け入れる態勢を整えてしまうのだ。

「っひ……ぅ」

「このほうが、お前も素直になれるだろう」

「っあ、だめっ」

ぐいと腰を進められ、梨音は甘い悲鳴を上げてソファに爪を立てた。香りのせいで敏感になっているのは、肌だけではない。内側の粘膜や、本来性器を挿れる場所ではない後孔も、受け入れる準備が整っている。

多少の痛みはあっても、それは彼の雄が大きすぎるせいだ。狭い肉壁を擦り上げながら入り込んでくる感触に、梨音の下半身は甘く痺《しび》れる。

「っく、ぅ」

片手で自身を握られると、それだけで梨音は蜜を滴《したた》らせてしまう。呪いは解けてきているはずなのに、『運命の相手』と認め合ってからは抱き合う度に感度が増している。

「や、もう……い、くっ」

「好きなだけ、イけばいい。お前が満足するまで、ココに注いでやろう」

卑猥な宣言に、梨音は軽く達した。埋められた性器を締めつけると、体の中でそれが更に質量を増す。

「愛している、私の愛しい番」

「あ、んっ」

強い力で腰を固定され、最奥まで彼の切っ先が埋められた。蕩《とろ》けきった柔肉はロベルトの雄を愛おしげに食い締める。

「あ、あ……ロベルト……っ」

梨音が深く上り詰めるとほぼ同時に、下腹部内に熱が放出された。重く熱い精液に、体中が甘い幸福感で満たされる。

「抱く度に、愛らしくなるな」

「……うるさい……も、抜けって……それと」

「それと？」

ずるりと引き抜かれる雄に、後孔が物足りないとでも言うように痙攣《けいれん》する。

「ここだと体が痛くなるから……ベッドがいい」

触れ合いたいと思う気持ちは、梨音も同じだ。一度火の点いた体は、なかなか収まらないことも経験で知っている。

梨音の頼みにロベルトはからかうことなどせず、優しく抱き上げてくれる。甘い夜は、ゆっくりと更けていく。


「――もう朝……っ」

今日は臨時で講義が休みだと伝えてあったので、明け方近くまで散々ロベルトに貪《むさぼ》られてしまった。拒絶できなかったことに自己嫌悪に陥りつつ、梨音は既に昼過ぎを指している時計を見て溜息をつく。

「起こしてくれればいいのに」

休みの自分とは反対にロベルトは朝から会議だと言っていたから、恐らく梨音を起こさないように出社したのだろう。隣で寝ていたはずのロベルトの姿はなく、シーツも冷たくなっていた。

――ちゃんと朝食取ってるかな。冷蔵庫に温めるだけの野菜スープを入れておいたけど、メモを残しておけばよかった。

そんなことを考えつつ梨音はのろのろと起き上がり、身支度を調える。貪られたと言っても大分手加減はしてくれたから、動けないほどではない。

「そうだ、スーパーの特売もあるから行ってこよう」

同棲を始めてからまた十日あまりなので、本格的な買い出しに出たことはなかった。大抵は大学の帰りにスーパーに寄り、翌日の食材を買い込むのが日課だ。

けれどトイレットペーパーなどの消耗品や冷凍食品をまとめて買うなら、特売日を狙ったほうがいい。その日が丁度、今日に当たる。

梨音はキッチンに向かい、冷蔵庫を開ける。野菜スープはなくなっていたが、奇妙な違和感に襲われた。

「あれ？」

その理由は、すぐに分かる。昨日の夜、ロベルトが帰宅する前に買い出し表にメモしておいた食品がすべて入っていたのだ。

冷凍庫を開けると、そちらにも目星をつけていたおかず類がきちんと整頓されて入れられている。

「……どういうこと？」

思わず呟くが、答えてくれる相手はいない。この部屋にはロベルトと自分しか住んでおらず、彼は既に出社している。

確か昨日、冷蔵庫を確認した時はこれらの品は入っていなかった。そこで梨音の背筋に、冷たいものが伝い落ちる。

思い返せば、ロベルトと一緒に暮らし始めてから必要最低限の買い物しかしていない。それなのに、家事関係は快適そのものだ。

マンション付きのコンシェルジュがいるとは聞いてるけど、気後れして買い物は頼んだことがない。唯一頼んでいるのは、ロベルトの着る高級なスーツのクリーニング程度だ。

——っていうか、いくらコンシェルジュでも勝手に冷蔵庫開けたりしないよな。

もしロベルトが頼んでいたとしてもロビーで受け渡しか、あるいは連絡した上で持ってくるはずだ。

正直、ロベルトとの同棲で舞い上がっていたことは否めず、室内の異変も深く考えていなかった。しかし一つ気になりだすと、細かなことが疑問に思えてくる。

買い物に、掃除、洗濯。すべて知らないうちに終わっているとなればすぐに疑っていたけれど、基本的に梨音が家事をしていたので、どうしても手が回らなかった部分のみ、いつの間にか手が加えられていた。

だから余計に、気づくのが遅れてしまった。

——これって、幽霊物件？

しかし、家事をしてくれる幽霊なんて聞いたことがない。だが一度意識すると、微妙な違和感は鮮明なものとなってくる。

ともかく確実であるのは、この部屋に自分とロベルト以外に見えない住人がいるという点だ。

「……とりあえず、英人《ひでと》に相談だな」

周囲を見回しても、人影どころか気配すらない。梨音は朝食も食べず、スマートフォンと財布を片手に、慌ただしくマンションから出た。

マンションを出た梨音は、すぐに英人と連絡を取った。用件は書かず、『とにかく緊急』とだけ件名に入れて送信すると、三十分もしないうちに待ち合わせ場所のコーヒーショップに英人が飛び込んできた。

「あのマフィア、なにかしやがったか？」

「そうじゃない。問題は英人だ！」

「オレ？」

意味が分からないというように眉をひそめる英人に、とりあえず座るように促して、梨音は真顔で切り出す。

「本当のことを話してくれ。俺は英人のことは信用してる……けど返答次第によっては、距離を置きたい」

「なんだよ、そんな深刻な顔して」

「俺が、その……ロベルトと住んでるマンションの部屋。わけあり物件なのか？」

大真面目に問うと、英人はますますわけが分からないといった様子で首を捻《ひね》る。

「えーと、つまり幽霊が出る部屋かってことか」

「ああ」

「そんなわけないだろ。あそこ、新築だぞ」

「いや、でもおかしいんだ。買ったはずのない食材が冷蔵庫に入ってたり、考えてみたら部屋の掃除は俺がしてないところまで磨《みが》き上げられてるし。出そうと思ってたゴミは朝になると消えてるし……」

話していると違和感が鮮明に思い出されて、梨音はどうして今まで気づかなかったのかと考え込む。

しかし英人は何故梨音がそんなことを訴えるのかといった様子で、頼んだコーヒーを口に運ぶ。

「あのさ、普通に考えてメイドがやってくれてるって考えないか」

「は？　メイド？」

メイドなんて、ゲームや映画に出てくるものという認識でしかない。

「同棲相手は、あのバルツォ家の跡取りだろ。メイドの一人や二人雇うのは普通だって。ていうか、むしろいないほうがおかしい」

「でも見たことないし。メイドってつまりお手伝いさんだろ。顔も知らない人が勝手に出入りしてるとか、落ち着かないよ」

「オレは一人でも平気だけど、知り合いには執事かメイドがいないと落ち着かないって人もいるぜ。それと雇い主の中には、徹底してメイドの気配を消すように指示する奴もいるからな。ロベルトもそのタイプなんじゃないのか」

考えてみれば、英人の家はロベルトほどではないものの、セレブ枠であることに変わりはない。庶民である梨音には理解しがたい事情だが、メイドを雇える身分ともなれば普通のことなのだろう。

「それにしたって、気配消すとか。できるのか？」

「訓練する学校はあるし、予備知識なくてメイドとして働くようになったら、まず先輩が雇い主に合わせた対処法を叩き込むからな。できなけりゃクビだし。まず雇い主を不快にさせないためにも、気配を消すのが基本。気に入られたり、地位が高くなれば会話もするけどな」

「メイドさんてすごいんだな」

所謂《いわゆる》、秋葉原《あきはばら》のメイドカフェ程度の知識しかない梨音からすれば、正式な仕事としてのメイドの技能に驚くばかりだ。

「家政婦極めると、マジですごいぞ。イギリスには、乳母の専門学校だってあるんだぜ。プロって認められれば、そこいらの大企業より給料もいいし、まず就職に困らない」

「へー」

まったくの別世界としか思えず、梨音はただ感心する。けれど、いくら気配を消していても他人が生活空間に存在していることに変わりはない。

「けどさ、落ち着かなくないか?」

「使用人がいて、当たり前のところで育ってきたからな。オレも結婚して実家継いだら、本家に戻って専属の執事選びをする予定だし」

事もなげに言われて、梨音は改めて英人とは住む世界が違うと実感する。そんな考えが表情に出ていたのか、英人が苦笑する。

「マフィアって言っても、バルツォ家は貴族系の血筋も入ってるらしいから、多分うちより使ってる人数は多いぞ。今のうちに慣れておけよ。お前もそのうち、あの家の人間になるんだろ」

「いや、それはさすがにないと……思う……」

言葉を濁した梨音だけれど、薄々そうなるだろうなという予感はしている。ロベルトには『就職する』と啖呵を切ったが、いずれは彼と共に暮らすことになるだろう。

「強がるのも梨音らしいけどさ、もう少し素直になれよ」

親友は、なんでもお見通しらしい。言葉に詰まっていると、テーブルに置いてあったスマートフォンが振動する。

「ロベルトからだ」

「丁度よかったな。そんじゃ俺は、合コンあるから行くぜ。メイドの件、聞いてみろよ。絶対俺の推理で正解だから」

代金を置いて席を立つ英人を見送り、梨音は『迎えに行く』と表示された画面を複雑な面持ちで眺めていた。


コーヒーショップの場所を返信し、しばらくするとロベルトの運転する車が駐車場へと入ってくる。梨音も代金を払い、ロベルトが待っている車の助手席へと乗り込んだ。

「なかなか帰ってこないから、心配したんだぞ。何をしていたんだ」

「英人と話してただけだよ、それにまだ夕方だろ。子供じゃあるまいし……」

「番の心配をして何が悪い」

このままではくだらない口喧嘩へと発展しそうだったので、梨音は気持ちを落ち着けて運転席のロベルトを見やる。

「あのさ俺、家に帰りたくない」

思いの外深刻な声が出て、梨音自身も焦ってしまう。当然、ロベルトの顔つきも変わり、無意識なのか喉から狼の唸り声のような音まで響く。

「なにがあった」

聞くなら今しかないと考えて、梨音は思い切って疑問をぶつけた。

「あの部屋、俺達以外に誰か住んでるよな？」

「いいや」

――やっぱり幽霊じゃないか！　英人の嘘つき！

そう心の中で叫ぶが、続いたロベルトの答えに唖然となる。

「執事とメイドが二人、出入りしている」

「……聞いてない」

「言ってなかったからな」

厳密に言うならば、確かに住んではいない。しかし、二人で生活していると思っていた部屋に、三人もの人間が出入りしていたと知らされて梨音はパニックになる。

「三人も……なんで……」

「これでも必要最低限の人数に絞ったんだが、手が足りていないようならあと五人ほど増やそう」

「いや、増やさなくていい！　っていうか、住んでると同じじゃないか。どこにいるんだよ。俺その人達、見たことないけど」

確かに広い物件だけど、開かずの間なんてないし、人がいれば気がつくはずだ。

「外廊下の突き当たりに、もう一部屋あるだろう。あれが使用人用の部屋だ」

「隣って、入居してる人がいるんじゃなかったのか？」

「このマンションは、フロアごとに世帯が分かれている。エレベーターに乗る際に、部屋のキーを使うだろう」

最初に部屋へ入る際に、鍵認証でその階にしか停まらないと教えられたが、単にセキュリティーが厳重な物件という認識でしかなかった。

まさかワンフロアに一世帯という、とんでもないセレブ用の造りだとは考えてもみなかった。

その上に、ほぼ住み込みの家政婦が使う部屋まで別に用意されているなんて、普通は思いつきもしない。

「イタリアの家には、二十人ほどのメイドが住み込みで働いている。敷地内からの通いを含めれば、五十人は下らないだろう。本家に行けば、お前にも専属のメイドが三人はつく」

「いや、待って。そんな無理！　大体俺、イタリア語なんて分からないし」

紹介しに行くと言われたが、せいぜい食事をしてあとは邪魔にならないようホテルに滞在するのだろうと勝手に思い込んでいた梨音は焦る。

「無理にコミュニケーションをする必要はないぞ。それに日本語が分かる者をつけるから、心配しなくていい」

「そうじゃない！　英人から聞いたけど、四六時中メイドさんが引っついてるなんて、そんなの無理だよ」

「ホテルとなんら変わらないが」

ホテルで生活をしていた時は、掃除は専属の従業員が行っていた。しかしそれは宿泊施設だから梨音も受け入れていただけで、日常的にメイドが側にいるということとはわけが違う。

そこで梨音は、重大な問題にはたと気づく。

「そういえば、掃除やゴミ出しって」

自分でも掃除はしてたけれど、大学から戻るとやけに部屋が綺麗になっていた。特に寝室は、プロがベッドメイキングをしたかのような出来栄《できば》えだ。

「メイドの仕事だ」

――そうだよな。この人がゴミ出しなんて、自発的にするわけない。

大学や市役所に、転居届を提出するなどしていたので、この十日間はかなり慌ただしかった。なのであまり深くは考えていなかったのだ。

「まさかとは思うけど、執事やメイドさん達って……俺と、あんたの関係は知ってるのか」

「正式に紹介がすんでいないだけで、とうに伴侶を決めたことは家族にも連絡してある。使用人にもよく言い聞かせてあるから、安心しろ」

何をどう言い聞かせているのか、正直知りたくない。

角倉達に知られたのはある意味不可抗力で仕方のないことだけど、メイド達にはこちらから教えなければ隠し通せたかもしれないのだ。

「気に入らないのなら、別の者を雇おう」

スマートフォンを手に取るロベルトの手を、梨音は摑んで止める。

「大丈夫だから！　俺が驚いただけで、今いる人達が嫌とは思ってない」

知られているのは恥ずかしいが、これが理由で解雇されるなんて申し訳ないと思う。このご時世、いくら技能職とはいえ、いきなりクビになどされたら困るに決まっている。

「他人の気配が嫌なんじゃないのか？」

「メイドさんや執事がいるって、知らなかったからだよ。せめて挨拶くらいはしておきたいんだけど。それと……」

言い淀む梨音に、ロベルトが怪訝《けげん》そうに問う。

「それと？」

「……シーツとか、洗濯物はほっといてほしい。あと寝室のゴミ箱片づけるのも、やめてほしいんだけど」

「ホテルではベッドメイクの者がしていただろう」

「あの時は考える余裕がなかっただけ。今考えると、やっぱり恥ずかしいし」

真っ赤になって、梨音は俯《うつむ》く。あの汗と精液で汚れた寝具を見れば、誰だって何があったのか簡単に想像はつくだろう。

それと、ホテルの従業員は今後顔を合わせることもないだろうけど、今出入りしているのはバルツォ家が雇っているメイドと執事だ。つまり彼らが辞めるまで、関わりは続く。

「本来、余程信頼関係ができなければ、主人との会話はさせないのが常だが。まあ先に紹介しておいたほうがいいかもしれないな」

「どういう意味？」

するとロベルトが、とても楽しげな微笑を浮かべた。

「残念な知らせになるが、急遽日本支社の社員募集は停止した。中途採用やバイトも含めてだ」

「は？」

「というわけで、お前には卒業論文の作成が終わり次第、私専属の執事としての研修を受けてもらう」

「それって、職権濫用だろ！」

「日本支社には、既に有能な人材が揃っている。だから必要ないと判断しただけだ」

考えてみれば、バルツォ家の経営する会社は、事実上ロベルトがトップなので好きにできるのだ。

「コネで正社員になるのでなければ、いいのだろう？」

まさかそんな手に出るとは考えもつかず、梨音はただ唖然とする。

「疑問も解けたことだ。食事をして、家に戻ろう。メイド達への紹介は明日で構わないな？　あ、執事に連絡して初心者用の研修ノウハウも作成させよう」

勝手なことを話しながら、ロベルトがエンジンをかける。ふと見れば、シートの隙間から飛び出した狼の尾が左右に大きく揺れている。

——テンション上がると、出るのかな。

この状況を考えれば、彼の執事となって呪いを抑えることに専念すべきなのかもしれない。そしていずれは、正式な番になることを認めざるを得なくなるだろう。

「ただ、甘やかされているのは、嫌なのだろう？」

心の中を見透かされていて、梨音は気恥ずかしくなる。大学を卒業して、そのままロベルトの番になっても、なんら問題はない。けれどそれでは、何もかもロベルトに甘えているようで嫌なのだ。

「我が儘でごめん。あんたの呪いが、まだ解けきっていないのに」

「構わん。お前が側にいると決めてくれただけで、私は嬉しい」

「……ロベルト。まだ車出さないで」

助手席から身を乗り出し、梨音はロベルトの口の端にキスをする。互いに不器用だけれど、少しずつ距離は近づいていると思う。体の関係で始まった恋は、これからきっとよい方向に変化していくだろう。

「あんたと……ロベルトと、もっと話がしたい。今回のこともだけど、俺達知らないことが多すぎるからさ」

「そうだな」

大きな手が、梨音の頭を撫でる。何だか胸の奥がぎゅっとむず痒くなって、梨音は小さく笑った。

あとがき

はじめまして。こんにちは。高峰《たかみね》あいすです。

クロスノベルスさんからは、十五冊目の本になります。ありがたいことです。毎回綱渡り状態でもどうにかやってこられたのは、読んでくださる皆様と担当のＮ様のお陰です。本当にありがとうございます。


綺麗なイラストをくださった北沢《きたざわ》先生。ありがとうございます！　表紙のフィルミーノに、一人悶絶してました！　ほっぺぷにぷにしたい！

担当のＮ様。いつも迷惑ばかりかけてすみません…。

そして家族と友人には、感謝しています。支えがなければ生きていけません。読者の皆様と、周囲の支えはありがたいと、しみじみ感じております。


さて今回の話は、またもケモミミです。前回の本は受けがタヌキでしたが、今回は攻がオオカミ。正確には、狼男ですね。梨音《りね》はロベルトを「狼顔の時でも、格好いい」と言っていますが、あれは慰めではなく本気です。

本来のロベルトの顔も格好いいし（北沢先生が私の理想以上に格好よく描いてくださいました！）、梨音も嫌いではないのですが……あれです、

「美女と野獣」で野獣の顔を好きになってしまう感覚です。

余談になりますがフィルミーノは母親似の設定なので、成長しても天使です（ロベルトは父親似なので、ちょっと強面《こわもて》）。角倉《かどくら》さんはそんなフィルの成長を、事細かに日記につけていることでしょう。そのうちロベルトと梨音に知られて、どん引きされる予定です。

本編に出てくるアニメ『がんばれワンワン』は、まったく必要ない設定まで考えてました。そして考えている間はとても楽しかったです。ちなみに英人《ひでと》がお気に入りの「うさみみん」は、敵の上級幹部でバニー姿のお姉さんです。人気投票をやると、五位以内に入る人気キャラです。

思いつくまま書いてしまいましたが、やっぱり後書きは難しいです。もう少し楽しい裏話とか書けるようになりたい……。

それでは最後までお付き合いくださり、ありがとうございました。
またお目にかかれる日を、楽しみにしています。

高峰あいす公式サイト・http://www.aisutei.com/

CROSS NOVELS既刊好評発売中

タヌ嫁、なみだ目!?

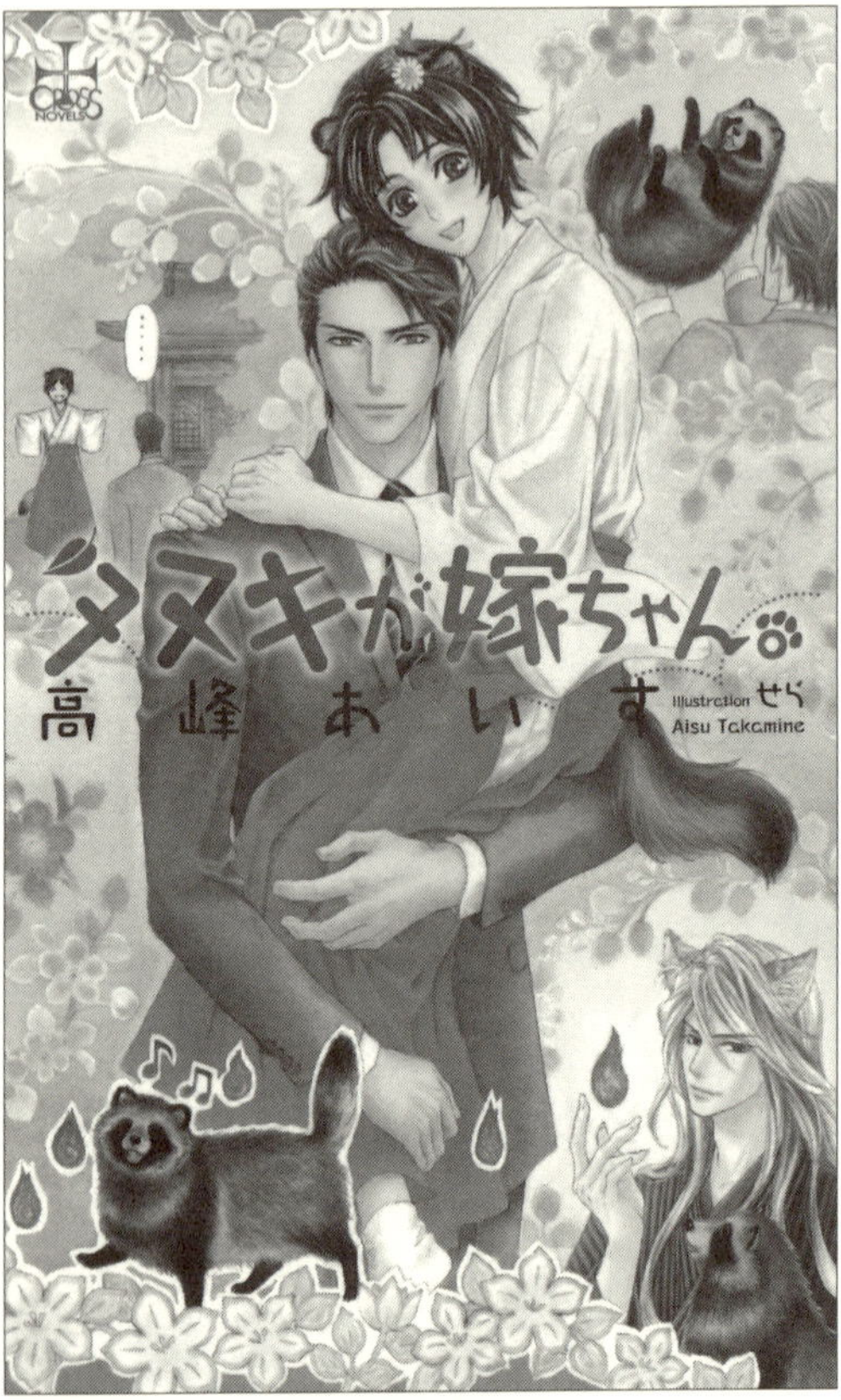

タヌキが嫁ちゃん。

高峰あいす　　Illust せら

「商売繁盛のために、交尾をしましょう!」

神様見習い狸の健太は、お参りに来た男・辻堂にされた『初めてのお願い事』に大興奮。お願い事——それは、彼の経営する喫茶店を繁盛させること。叶えるために初めて山を下り喫茶店に潜り込むも、すべてが未熟な健太は失敗ばかり。できることと言えば、おまじないの歌を歌うことだけ。自分の力不足に困り果てた健太に師匠が教えてくれたのは、辻堂と交尾をすることで!?

喫茶店店主×ドジっこ狸、御利益あるかも(?)タヌBL♥

CROSS NOVELS既刊好評発売中

こんなの初めて♡

依存性失恋マニア

浅見茉莉

Illust 古澤エノ

インテリアコーディネーターの樹は振られることに快感を覚える失恋マニア。数えること99回目の失恋をし終え次は記念すべき100回目と、仕事で知り合った超大物の億万長者・加藤木に狙いを定めた。

イケメンなうえ樹と同い年ながら巨万の富を手にしたスパダリに振られる日を想像するだけでワクワクしてしまう。

なのに、樹が我が儘を言っても散財させても「一生一緒にいてね♡」とベタベタしても加藤木は振ってくれなくて――!?

CROSS NOVELS

CROSS NOVELSをお買い上げいただき
ありがとうございます。
この本を読んだご意見・ご感想をお寄せください。
〒110-8625
東京都台東区東上野2-8-7　笠倉出版社
CROSS NOVELS 編集部
「高峰あいす先生」係／「北沢きょう先生」係

CROSS NOVELS

ケモミミマフィアは秘密がいっぱい

著者
高峰あいす

2017年5月23日　初版発行　検印廃止

発行者　笠倉伸夫
発行所　株式会社　笠倉出版社
〒110-8625　東京都台東区東上野2-8-7　笠倉ビル
[営業]TEL　0120-984-164
FAX　03-4355-1109
[編集]TEL　03-4355-1103
FAX　03-5846-3493
http://www.kasakura.co.jp/
振替口座　00130-9-75686
印刷　株式会社　光邦
装丁　磯部亜希
ISBN　978-4-7730-8852-6
Printed in Japan